SINoALICE®
シノアリス
― 黒ノ寓話 ―

SINoALICE®
シノアリス

― 黒ノ寓話 ―

黒ノ寓話

SINoALICE《シノアリス》

CONTENTS

本文イラスト † ヒミコ
表紙イメージアート † 幸田和磨

ドロシー

むかしむかしあるところに、ドロシーという女の子がいました。幼いころに両親を亡くしたドロシーは、エム伯母《おば》さんとヘンリー伯父《おじ》さんと暮らしていました。

ある日、恐ろしい竜巻がやってきて、ドロシーは家ごと空へ飛ばされてしまいました。伯父さんも伯母さんも家畜小屋へ行っていたので、ドロシーは家に一人きりだったのです。

ドロシーを乗せたまま、何日も何日も、家は空を飛び続けました。気がつけば、ドロシーは故郷からも遠く離れた見知らぬ世界へやってきていました。

そこは、魔法の国でした。マンチキンという小さくて親切な人々が暮らしていて、偉大なる魔法使いオズが治めている国です。マンチキンたちは親切でしたが、ドロシーを家へ帰す方法を知っている者はおりませんでした。

「偉大なる魔法使いのオズ様なら、あなたを家へ帰してくれるでしょう」

ドロシーはオズが住むというエメラルドの都を目指して歩き始めました。しばらく進むと、ドロシーは脳ミソのないカカシに出会いました。

「脳ミソが欲しいなぁ。脳ミソが欲しいなぁ」

そこで、カカシを一緒に連れて行くことにしました。魔法使いオズならば、カカシに脳ミソを与えてくれると思ったからです。

少し進むと、ドロシーとカカシは、心を持たないブリキの木こりに出会いました。

「心が欲しいなぁ。心が欲しいなぁ」

そこで、木こりを一緒に連れて行くことにしました。魔法使いオズならば、木こりに心を与えてくれると思ったからです。

また少し進むと、ドロシーとカカシと木こりは、臆病なライオンに出会いました。

「勇気が欲しいなぁ。勇気が欲しいなぁ」

そこで、ライオンを一緒に連れて行くことにしました。魔法使いオズならば、ライオンに勇気を与えてくれると思ったからです。

ドロシーたち一行は、どんどんどんどん歩いて行きました。そして、とうとうエメラルドの都に着きました。

魔法使いオズは、「魔法の国は広い広い砂漠に囲まれている。故郷《カンザス》に帰りたければ、空を飛んで砂漠を越えなければならない」と言いました。そして、ドロシーのために、大きな熱気球を作ってくれました。

ところが、作業の途中で気球をつないでいたロープが切れてしまいました。ドロシーをその場に残したまま、オズは空の上まで飛ばされて、とうとう帰ってきませんでした。

結局、ドロシーは別の魔女に「銀の靴を三回鳴らせば、行きたいところへ行ける」と教えられ、どうにか家に帰ることができました。ドロシーの姿を見て、エム伯母さんとヘンリー伯父さんは大喜び。これで、めでたしめでたし。……だったはずなのですが。

＊

大人って、どうしてこんなに石頭なんでしょう⁉　そりゃあね、魔法使いも小さな種族《マンチキン》も、滅多にお目にかかれるものじゃありません。でも、自分が見たことがないからって、「あり得ない」って決めつけるとか、あんまりだと思いませんか？

おまけに、私のことを嘘《うそ》つき呼ばわり。竜巻に飛ばされた後、どこにいて、どうやって帰ってきたのかを訊《き》かれたから、ありのままを話しただけなのに。

でも、エム伯母さんは「まあ、そうなの。不思議な体験をしたのねえ」と言ってくれたし、ヘンリー伯父さんは「そうかそうか。何にしても無事でよかった」と頭を撫《な》でてくれたから、信じてもらえたと思っていたのに。

『かわいそうに。よほど恐ろしい目に遭ったんでしょう。魔法の国だなんて』

『もしかしたら、頭を強く打ったのかもしれないな』

『どちらにしても、あの子の言うことを否定しないようにしましょう』

『そうだな。どっさり食べさせて、たっぷり寝かせれば、きっと気持ちも落ち着く。そうすりゃ、おかしな妄想なんて忘れてしまうだろうよ』

二人が夜中にひそひそと話していたのを聞いてしまいました。ええ、私、寝たふりをしていたんです。人は当事者がいないところで本音を話すもの。本音を知るのが真実を解明する第一歩ですから。……結果は、残念極まりないものでしたが。

がっかりです。エム伯母さんも、ヘンリー伯父さんも、近所の石頭どもとは違うと思っていたのに。結局のところ、彼らも大人なんですね。自分の頭で理解できるものしか認めようとせず、想像力も探求心も全く持ち合わせていない、情けない連中の同類だったんです。

そんな連中に馬鹿にされるなんて、我慢できません。こうなったら、目にもの見せてやりましょう。失敬な大人どもを、ぎゃふんと言わせてやりましょう。

再びオズの国へ行き、魔法使いオズやマンチキン達が実在するという確《かく》たる証拠を持ち帰るのです。証拠の品を突きつけてやれば、彼らも認めないわけにはいきません。

ただ、問題は……オズの国へ行く手段が失われてしまったことです。オズは、空を飛んで砂漠を越えないとカンザスへ帰れないと言いました。オズの次に会った親切な魔女は、カンザスとオズの国を行き来するには魔法の力が必要だと言いました。

だから、私はここへ帰ってくるとき、魔法の力を借りました。ええ、あの銀の靴です。踵《かかと》を三回鳴らして、行きたい場所を言えば、あっという間に運んでくれるという優れモノ。なのに、私、カンザスへ運ばれる途中で落としてしまったんです。残念でたまりません。あの靴を調べてみたら、魔法の力を解析することができたかもしれないのに！

まあ、過ぎてしまったことを、いつまでもグチグチ言っても始まりません。銀の靴がないのなら、代わりになるものを探せばいいだけです。魔法の力が使えないなら、別の力を使えばいいんです。そうです、科学の力を使うんです！

オズの国の周りには、広い広い砂漠がありました。けれど、人間は空を飛べません。そもそも、魔法の力があろうと無かろうと、ヒトの足で長距離の移動は難しい。空を飛んで、長距離の移動をしようと思えば、乗り物が必要になります。

熱気球はダメですね。オズが失敗してましたし。ちょっと強い風が吹いたら、流されてしまうような乗り物では、危なくて使う気になれません。

頑丈で、強力で、確実なモノといえば、やっぱり機械です。魔法の力の代わりとして使うなら、機械の乗り物でしょう！

＊

そうと決まれば、実行あるのみ！　まずは、機械の設計図。これは、夜中まで考えて、明け方まで図面を引いて、完成させました。

機械いじりは大好きだし、図面を引くのも得意です。幼い頃から、柱時計を分解したり、壁や塀にチョークで絵を描いたりしてましたから。もちろん、自分の家だけじゃ足りなくて、隣の家の柱時計を分解して、そのまた隣の家の壁一面に絵を描いて……。

だから、機械の乗り物を設計するのは、私にはそんなに難しくありませんでしたよ。えっへん！

＊

それはさておき、次の作業です。設計図ができたら、部品集め。頑丈で、強力で、確実な機械を組み立てるには、たくさんの部品が必要なんです！

「あらあら？　柱時計が止まってるわ。変ねえ」

エム伯母さんが頻《しき》りと首を傾《かし》げてます。ネジを巻いても動かないのは、私が中の部品をそっくり貰《もら》ったからです。

「おやおや？　荷馬車の車輪が消えてるぞ？　こいつは困った」

ヘンリー伯父さんが頭を抱えてます。それも、私がやりました。鉄の車輪は、機械の部品に最適なんです。

もちろん、それだけじゃ足りません。隣の家の柱時計からも、そのまた隣の家の柱時計からも、こっそり歯車とゼンマイを抜き取りました。

教会の鐘も盗みました。駅に行って、機関車の車軸と煙突と前照灯も盗みました。水車小屋からは、羽と軸受けと吸水管を盗みました。お店からも、学校からも、病院からも盗みました。

荷物が運べなくなったり、汽車が止まったり、あっちもこっちも大混乱。お店は休業、学校は休校、病院は休診。大人達が困ってます。

でも、元はといえば、大人達が悪いと思いません？　私の話を信じてくれなくて、嘘つき呼ばわりしたりして。自業自得というものです。

そういえば、オズの国を旅していた頃、ブリキの木こりに盗みをさせていました。なぜって、木こりには心が無いから、盗みをしても良心が痛んだりしませんよね？　罪悪感に邪魔されずに悪事を働けるって、便利じゃないですか。

結局、木こりは罠《わな》に掛かって捕まって、バラバラにされてしまいましたけど。

＊

それはさておき、次の作業です。集めた部品を組み立てたら、動力を調達しなきゃなりません。機械に仕事をさせるには、たくさんの動力が必要なんです！

汽車みたいに石炭を燃やす？　それは、お金がかかり過ぎますね。牛や馬を使う？　うーん。これも、お金がかかります。それに、牛や馬は世話が大変。私、家畜の世話は苦手なんです。そうなると、やっぱり……。

私は隣の家へ行きました。奥さんの姿がないのを確かめて、納屋に近づき、「小父《おじ》さん、小父さん。お願い。助けて」と声をかけました。

「ドロシーじゃないか。どうしたんだい？」

「暖炉の火が消えてしまったの。私一人じゃ、どうしようもなくて」

嘘です。消えてしまったんじゃなくて、わざと消したんです。

「ヘンリー伯父さんとエム伯母さんは？」

「町へ出かけて、明日まで帰ってこないんです」

これも、嘘です。二人は畑に出てるだけ。

「一人で留守番かい？」

私は心細げにうなずきます。小父さんの目が、きらりと光ったように見えました。まるで、獲物を見つけた山猫みたいに。

私は小父さんの腕に、そっと自分の腕を絡めます。ええ、この男、度外《どはず》れた女好きなんです。女と見れば、見境無し。いつも私のことをイヤらしい目で見てるんです。私は小父さんの腕に、ぎゅっと自分の胸を押しつけます。もう小父さんは、涎《よだれ》を垂らさんばかり。ええ、この男、巨乳好きでもあるんです。

私、家系的に発育が良いらしくて、この年《とし》ですけど、胸が大きいんですよ。こんな脂肪の塊、研究の役に立つわけでもないし、肩が凝るばかりで、うんざりしてましたけど、初めて有効活用できました。

家の中に連れ込んで、麻薬を混ぜた飲み物を与えます。薬漬けにして、奴隷にするんです。そうです。機械は人力仕様。奴隷の力で動かすんです。

もちろん、一人じゃ足りないから、他にも大人を集めました。女好きで、ちょっと色目を使えばコロリと行くような、下劣な男達。そんな連中、いないほうが世のため人のため。だったら、薬漬けにして奴隷にしても、全然構いませんよね？

そういえば、オズの国を旅していた頃、臆病なライオンに「勇気が出る薬」を飲ませてみたんです。そしたら、たちまち元気百倍。三日三晩、不眠不休で戦って、バッタリ倒れて死んじゃいました。

まあ、最後の最後に、欲しくてたまらなかった勇気が手に入ったんだから、幸せだったんじゃないですかねぇ？

＊

それはさておき、次の作業です。機械を組み立てて、動力も確保できたら、最後は「知能」の組み込みです。何しろ、行き先は魔法の国。どんなアクシデントが待ち受けているか、わかったもんじゃありません。不測の事態に直面した際、機械が自ら判断できるよう、考える力を持たせておきたいのです。

ただ、言葉にすれば簡単ですが、「自ら考える機械」なんて、作るとなったら大変です。恐ろしく精密で、恐ろしく複雑な機械になることでしょう。そんなの、難しすぎて、私には無理です。精密機械は専門外なのです。

でも、オズの国は遥《はる》か彼方《かなた》。その遠大な距離を旅するには、知能の組み込みは不可欠です。どうしたものか……。

そうだ！　閃《ひらめ》きました！　一から作るのが無理ならば、完成品を持ってきて、必要な部分だけを取り外して、機械に組み込めばいいんです。

私は三軒隣の家へと向かいました。そこには、真っ先に私を嘘つき呼ばわりしたお婆《ばあ》さんが住んでいるのです。

彼女は年をとっていますが、とても知恵が回るのです。……上に「悪」がつく知恵ですけど。おまけに、口が悪くて、意地汚いのですけど。

「お婆さん、お婆さん。エム伯母さんのお使いで、お菓子《かし》を持ってきました」

嘘です。伯母さんには何も頼まれていません。

「町で買ってきた、とっても美味《おい》しいお菓子のお裾《すそ》分《わ》け。おひとつ、どうぞ」

これも、嘘です。伯母さんが焼いたお菓子に、ジャムをたっぷり塗っただけ。……痺《しび》れ薬の入ったジャムを。

意地汚いお婆さんは、その場でお菓子をむしゃむしゃと食べました。すぐに痺れ薬が効いてきて、お婆さんはバッタリ倒れました。

動けなくなったお婆さんの脳ミソを取り出して、さっそく機械に組み込みます。悪知恵が回るお婆さんの脳ミソですから、素晴らしく知能の高い機械になるでしょう。

そういえば、オズの国を旅していた頃、喋《しゃべ》るカカシに魔女の脳ミソを移植したことがありました。だって、カカシは喉から手が出るほど脳ミソを欲しがっていたんです。それに、脳ミソの移植なんて、この上なく好奇心と探究心が刺激されるテーマじゃありませんか。

ただ、結果は、惨憺《さんたん》たるものでした。脳ミソの移植は失敗し、悪い魔女も、カカシも、死んでしまったのです。

でも、大丈夫。今度は成功させます。それに、機械には最初から命が無いから、カカシみたいに死んでしまうこともありませんしね。

＊

これで、作業完了です。とうとう機械が完成しました。大空に舞い上がり、オズの国までひとっ飛びする機械の乗り物です。魔法の力に匹敵する、科学の力の結晶です！

これで、証拠の品を持ち帰ることができます。私の話を鼻で笑って、信じようともしなかった大人達を見返してやりましょう。オズの国なんてないと決めつけた、愚かな大人達に詫《わ》びを入れさせてやりましょう。

さあ、行きますよ？

「5、4、3、2、1……起動！」

黒ノ寓話

SINoALICE

アリス

むかしむかしあるところに、アリスという小さな女の子がいました。あるとき、アリスが野原で遊んでいると、ピンクの目をした白いウサギが目の前を横切りました。ただのウサギじゃありません。本物の懐中時計を手にして、チョッキを着ています。

「大変だ、大変だ、遅刻しちまう！」

思わずアリスは白ウサギの後を追いかけました。ウサギは野原を突っ切って、生け垣の下の巣穴へと飛び込みました。アリスも続けて飛び込みました。巣穴はまるで、深い深い井戸のよう。何マイルも何マイルも落ち続けて、気がつくとアリスは見知らぬ部屋にいました。どこかのお屋敷のようです。

風変わりな白ウサギを探して、アリスはお屋敷の中を歩き回りました。体が縮む飲み物や、首が伸びるケーキのせいで酷《ひど》い目に遭ったり、しゃべるネズミに難癖をつけられたり、堂々巡りするドードー鳥を見つけたり。なんてヘンテコなお屋敷なのでしょう！

お屋敷を出て、森に入ると、アリスは樹の上でニタニタ笑うチェシャ猫に出会いました。

「右へ行けば帽子屋。左なら3月ウサギ。好きなほうを訪ねてごらん。どっちも狂ってる」

チェシャ猫はニタリと笑って消えてしまいました。アリスは、左へ行くことにしました。帽子屋なら会ったことがありますが、3月ウサギなんて聞いたこともなかったからです。

ところが、3月ウサギの家では、めちゃくちゃなお茶会の真っ最中。お茶もお菓子《かし》もめちゃくちゃ、会話もめちゃくちゃ、アリスはうんざりして立ち去りました。

その後も、おかしなルールのクロッケー大会に引っ張り込まれたり、わけのわからない裁判に巻き込まれたり、さんざんです。アリスはとうとう、頭にきて叫びました。

「馬鹿げてるわ！　何もかも！」

すると、トランプ一箱が空中に舞い上がり、兵隊となってアリスに襲いかかりました。

「何よ、ただのトランプのくせに！」

力任せにカードを払い除《の》けたところで、目が覚めました。気がつくと、アリスはベッドの中で、部屋は真っ暗でした。どうやら、不思議な夢を見ていたようです。

「起こしてしまったようだね」

優しい声がしました。おじさまの声です。アリスが答えようとすると、おじさまの大きな手がアリスの口許《くちもと》を覆いました。

「静かに」

アリスはうなずきました。大好きなおじさまに言われたのですから。

「いい子だ」

何をしているの、と尋ねたかったけれども、アリスは我慢しました。それは、してはいけない質問でした。おじさまが何をしているのか、何をしたいのか、誰よりもわかっているのは私、とアリスは信じていたからです。

そして、アリスは、きつく目を閉じました……。

＊

目を開けても、暗かった。精一杯、目を見開いたのに、それでもまだ暗い。夜の闇とは違うと、すぐにわかった。ここは、違う。違うと私は知っていた。

眠っていた？　それは、わからない。ベッドの中ではなかったし、私は横たわってすらいなかった。気がついたら、暗闇の中に立っていた。重苦しく、埃《ほこり》っぽい臭いの中、唐突に、両の瞼《まぶた》が開いた。そう、私が目を開けたのではなく、瞼が勝手に開いたのだった。

ひそひそと声がした。背後から。調律されていないピアノのような、油を差していない時計のような、甲高《かんだか》くて、不愉快で、壊れた……二つの声。

声の主は人間ではなかった。振り返ってみると、そこにいたのは、人形達。男児と女児を模した、二体の人形。

人形が喋《しゃべ》っていても、別段、奇妙だとは思わなかった。

なぜ？　本来、人形は喋ったりしないのに、なぜ、私は当たり前のように受け入れたのか。少なくとも、現実の世界に喋る人形はいないのに。

だって。私がいたのは、虚構の世界。作り話の中。喋るウサギがいて、笑いを残して消えるネコがいて。そんな世界にいたのだから、人形が喋ったくらいで驚いたりしない。

少しずつ、少しずつ、記憶が戻り始めた。物語の中の、不思議な記憶。トランプの兵隊達を追い払った瞬間、冒険が終わって、私は……私は……。

胸の奥が痛んだ。締め付けられるようで、息が苦しい。思い出してしまった。とても、悲しい出来事を。

思い出したくなかったのに。いいえ、忘れてしまうのは嫌。思い出せばつらい。けれど、忘れたくない。二つの相反する思いが、私を引き裂く。

「縛られてマスよ？」

「束縛デスね」

「むしろ呪縛？」

楽しげに喋っている人形達に近づく。可愛さの欠片《かけら》もない顔が二つ、並んでいる。まっすぐに歩み寄って、見下ろした。図々しげな物言いとは裏腹に、彼らの身体《からだ》は小さい。私の腕力でも、容易《たやす》く壊してしまえそうなほど。

「ようこそ、ライブラリへ」

「ここハ、願いヲ叶《かな》エル場所」

願い？　いや、本気にしてはいけない。この手の話には裏がある。甘い言葉を操る者は、腹黒い。爪の先ほどしかない真実を、大量の嘘《うそ》で希釈して、口当たりのいい飲み物を作り出す。うっかり飲み干せば、たちまち毒が回る……。

「貴女《あなた》にモ、叶えたい願イがあるでショウ？」

「そんなもの、無い」

「本当でショウか？」

「願いなんて、あるはずが」

「例えば、作者を蘇《よみがえ》らセルとか?」

蘇らせる? 死んでしまった人を生き返らせることができると?

「ホラホラ、それデスよ。貴女の願イ」

私の、大切な人。大好きな人。もう死んでしまって、二度と会えない人。……また会える?

本当に?

「信用できない。人形の言う事なんて」

喋る獣が口にする言葉はいい加減なものばかりだった。動く道具が取る行動は、災いと騒ぎを呼び寄せた。だから、人形の言葉なんて話半分に止めておくべきだと思った。

「オヤオヤ? 本心とは思えマセンね」

「会いタイのでショウ?」

なぜ、それをこいつらが知っているのか? さっきから、まるで私の心の中を読んでいるかのようだった。

キキキとも、ケケケともつかない、気持ちの悪い声で人形達が笑う。

「ここハ、ライブラリ」

「願望と欲望ガ集まる場所デス」

改めて、周囲を見回してみる。奇妙なことに、辺りは薄暗がりに変わっていた。目覚めたときは真っ暗だと思っていたのに。

暗がりの中、見上げんばかりの本棚が立ち並んでいる。幾つも、幾つも。そこに詰め込まれているのは、夥《おびただ》しい数の本。

ああ、おじさまの書斎によく似ている……。

『可愛いアリス。さあ、おいで』

心地よい声を思い出す。ずっと聞いていたかった、あの声。あの人の言葉。隣の部屋にいても、それが微《かす》かなささやきであっても、私には聞き取れた。どんなに遠くからでも、あの人の声だけは聞き逃したりしなかった。初対面の人の前では石のように押し黙り、独り言は楽しげで、言葉遊びが大好きで、そして、私と話すときはとても早口になった。語尾を上げ気味に喋る癖も、曖《あい》昧《まい》な発音になる単語も、全部、全部、覚えている。あの人が私の前で口にした言葉、ひとつ残らず忘れたりしない。あの人が死んでしまった今でも。

「本当に、願いが叶う……の？」

会いたい。もう一度、あの人に会える事を願ってもいいのなら、願いたい。

「ただし」

「作者を蘇らせタイなら」

「ソレに見合うダケの」

「犠牲が必要デス」

やっぱり。そういう事か。

「オヤ？　どうしマシタ？」

女児の人形が首を傾《かし》げて、私を見上げた。表情を作る肉を持たない人形だけれども、彼女は今、怪訝《けげん》そうな表情を浮かべたつもりに違いなかった。

「別に」

たぶん、私は笑みを浮かべていたのだろう。なぜなら、人形達の提示した条件に安堵《あんど》感を覚えたから。

願いを叶えたいなら犠牲が必要。当然すぎる条件だった。むしろ、無条件で願いを叶えると言われたら、私はこの話に乗らなかった。そんな虫のいい話、あるはずがない。

「それで？　何を、どれだけ、犠牲にすればいい？」

人形達がまた、気持ちの悪い声で笑った。

「イノチを奪うのデス」

「貴女の願イに見合うダケのイノチを」

本棚ががたがたと音をたてた。殺気を感じた。

「サア、存分ニ」

「殺《ヤ》ッチャッテ下サイ！」

いつの間にか、私は化け物達に取り囲まれていた。命を奪う相手が人間ではないことを、喜ぶべきなのか、嘆くべきなのか。

そんなことよりも、喫緊《きっきん》の問題がひとつ。鋭い牙や爪を持つ化け物を、いったいどうやって殺せというのだろう？　私は何の力もない人間の小娘で、化け物を退治するための武器なんて持っていない……。

「グズグズしてると、コロされマスよ?」

空っぽだったはずの手に、重さを感じた。見れば、私は剣を握っていた。これで、目の前の化け物を殺せ、ということらしい。虚構の世界のお約束、だった。問題と解決手段は、ほとんど同時に現れる。

何か新しい道具を手に入れたり、素晴らしいアイディアが閃《ひらめ》いたりしたときには、必ずそれを用いるべき問題が発生している。逆に、途方もなく困難な問題が発生したときは、それを突破する手段がどこかに用意されている。

今、私には「ライブラリで夥しい命を奪う」という課題が与えられた。報酬は約束されている。ということは、このライブラリという場所は、私のいた虚構の世界と似たような法則に支配されているのだろう。おじさまが、私のために用意した世界と同じ……。ならば、少しも怖くない。

私は剣を抜き、目の前の化け物へと斬りかかっていった。

*

初めて戦った化け物達は、二本の角《つの》を生やして、大きな棍棒《こんぼう》を手にしていた。おじさまの書斎にあった本に、そんな姿の魔物の絵があった。確か、名前はオーク……だったか。

その本の中で、オークは強い剣士に退治されていた。オークは人々を困らせる悪い魔物だったから。

剣士はどんなふうにオークを殺していたっけ？

振り下ろされる棍棒を跳んで避けて、次の一撃が来る前に、オークのわき腹を剣で抉《えぐ》って……

そう、オークはとても動きが鈍《のろ》い。重たい棍棒を振り回すのだから、そんなに早くは動けない。

血を流しながら、化け物が吠《ほ》える。生温《なまぬる》い返り血が気持ち悪くてたまらない。不愉快な血の臭い。ただの血ではなくて、何か嫌なモノが混ざった、嫌な臭いがする。

気持ち悪い。吐きそう。

こみ上げる吐き気を抑えつけたくて、私は無茶苦茶に剣を振り回す。何かで気を紛らわせていないと、とても我慢できそうになかった。

無駄に斬りつけたせいで、化け物の死骸はぐちゃぐちゃだった。辺り一面、返り血だらけで、肉とも腸ともつかない塊が飛び散っていた。本に出てきた強い剣士は、こんな無様なやり方をしなかった。数回斬りつけた後、必殺の一撃を放って倒していた。

まだ四体も残っているのに、私の剣はボロボロに刃こぼれしていた。こんな剣じゃ戦えない……と思った瞬間、剣が光った。血で汚れたボロボロの剣は、真っ白な刃の剣に変わっていた。

これで、まだ戦える。

次は、もう少し要領よく倒さなければ。多少は鼻が慣れてきたのか、不快な臭いにも我慢できるようになってきた。振り回すのではなく、きちんと狙いを定めて剣を振り下ろすようにしよう。

狙うのは、急所。でなければ、あまり血が噴き出さない場所。それから、刃が傷むから骨は避けること。

とはいえ、言うは易く、行うは難《かた》い。次々に攻撃を繰り出してくる四体を同時に相手にしていると、いちいち急所なんて狙っていられない。

自分が不利にならないように、少しでも敵を怯《ひる》ませるように、それを実行に移すだけでも難しい。二体目と三体目をほぼ同時に倒したところで、私の剣は音を立てて折れた。でも、大丈夫。折れた剣は煙のように消え、私の手には新たな剣が現れた。些《いささ》か重いが、頑丈そうな剣だった。勢いをつけて斬り払い、化け物の首を落とした。剣はびくともしなかったけれども、私の腕が悲鳴を上げた。肩がはずれたのか、腱が切れたのか、痛みと痺《しび》れとが同時にやってくる。

まだ一体残っている。動かない右手を左手で支え、剣の先をまっすぐに化け物に向ける。槍《やり》を持った兵隊を思い出したのだ。赤の女王のところにいた、トランプの兵隊の一人。その構えを真似れば、片腕が動かなくても戦えるはず。そう、こうやって真っ直ぐに剣を突き出せば。

正解だった。何度目かの突進の後、化け物は倒れた。みっともなく膨らんだ腹は、穴だらけになっていた。

「これで……終わり」

息が上がっていた。私は剣を杖代わりにして身体を支えた。ライブラリの床は血で汚れてしまって、膝をつく気にさえなれなかった。

「終ワリじゃありマセンよ?」

「もしかして、コレっぽっちで終ワッタとでも?」

「まだまだ足りマセン」

「モットモット犠牲が必要デス」

わかってる、と私は答えた。たった五体の化け物を殺したくらいで、あの人が生き返るはずがない。彼の存在の重さを思えば、引き替えにする命の数くらい、容易に想像がつく。

「マア、こいつらはザコですカラ」

「エエ。一山いくら、ミタイな?」

「モット効率的に殺ッちゃう方法、教えまショウか?」

「一人コロせば、がっぽりウハウハ、ミタイな?」

人形達がカタカタと手足を鳴らした。手を叩《たた》いているつもりなのか、踊っているのか、よくわからなかった。

「わからない。どういう事? 説明して」

「要スルに、他の物語の登場人物をコロせばイイんデスよ」

「他にも……いるの?」

「モチロン。まさか、貴女ダケが特別なんて、思ってたンじゃないでショウね?」

「まさか」

「デスよね? ソンナ、思い上がりモ甚だシイ」

あの人は、私を「特別」だと言ってくれた。でも、それは私が特別なんじゃない。私を作ったあの人が特別なだけ。あの人こそ、特別。あの人が綴《つづ》った物語こそが、特別。あの人の言葉だけが、特別。

なのに、なぜ、あの人は死んでしまったんだろう？　特別な人なのに、なぜ、この世界から消えてしまったんだろう？

だめ。そんなの、許されるはずがない。本当に、本当に、特別な人なんだもの。あの人が死んでしまうなんて、間違ってる。

おじさま、会いたい。ねえ、おじさま。もう一度、アリスって呼んで。もう一度、いい子だねって頭を撫《な》でて。もう一度、息が止まるくらいに抱きしめて。もう一度、おじさまの手で私を……。

「他の登場人物を殺せば、願いが叶う？」

「ハイ」

「そいつは、どこにいる？」

「サア……」

「自力デ探してくだサイ」

「それカラ、誤解されてイルようなノデ、訂正デス」

「他の物語の登場人物ハ、一人ダケではありマセン」

なるほど。殺す相手は複数。最も効率的な方法は、化け物ではなくて、数人の人間を殺す事。

「どうしマシタ？」

「相手が人間と知ッテ、怖《お》じ気付《け》いたのデスか？」

どこまでも嫌味な人形達。いちいち気に障《さわ》る言葉を吐いてくる……。

「別に、怖じ気付いてなどいない」

良心の呵責《かしゃく》を覚えたりもしない。そんなもの、容易《たやす》く投げ捨ててしまえるほど魅力的な報酬が用意されている。問題と解決、報酬。虚構世界のお約束。

「他の登場人物に会エルのは、まだ先でショウから」

「まずハ、ザコでも狩ッテてくださイ」

床に倒れていた死骸が消え、代わりに別の化け物が現れる。そして、私の手には新たな剣が。

「……わかった」

要するに、殺せばいい。目の前に現れたモノはすべて。簡単な事。

ああ、おじさま！　おじさま！　大好きなおじさま！　おじさまに会うためなら、私は何でもします。おじさまを生き返らせるためなら、どんな非道な事でも。

たとえ、この手を汚しても、たとえ、地獄に堕《お》ちたとしても。愛する人のためなら、何でもできる……。

＊

『可愛いアリス。さあ、おいで』

『はい、おじさま』

『おまえは、とてもいい子だね』

『ありがとう、おじさま』

『それに、誰よりも可憐《かれん》で、美しい。大切な大切な宝物だよ』

『私も、おじさまが大好きよ』

幾度となく繰り返された会話。おじさまへの愛を確かめるための儀式。おじさまの言葉によって、私は存在を許される。おじさまの手によって、私は自身の輪郭を知る。

おじさまの言葉がなければ、私はここにいられなかった。おじさまの手がなければ、私はどこまでが自分で、どこからが世界なのか、わからなかった。

だから、これは正しい事。閨《ねや》の暗がりで、おじさまが私にしたのは、必要な事。

痛くて辛くて苦しかったけれど……。痛くて辛くて苦しかったから、私は見返りを期待してもいいでしょう？　おじさまは私のモノだと思ってもいいでしょう？

＊

犬によく似た姿の化け物は、酷く臭い息を吐いた。生肉色の舌をだらしなく垂らし、みっともなく涎《よだれ》を滴《したた》らせている。こんなにも臭くて、醜い化け物がいることに、私は驚きを禁じ得なかった。

おじさまなら、たとえ化け物であっても、もう少しマシなものを作ってくださったはず。

でも、おじさまが作ったモノを壊すなんて、私にはできない。それが化け物であっても、臭くて醜くても、殺せなかった。こんなふうに、剣を眉間に叩きつけて、心臓を突き刺すなんて、できなかった。

ライブラリにいる化け物は、おじさまが作ったモノではないから。私は簡単に壊してしまえる。躊躇《ためら》うことなく、命を奪ってしまえる。それが、どれほど罪深い事か、わかっていても。

＊

鳥によく似た姿の化け物は、酷く耳障りな声で鳴いた。甲高く、やかましい声で騒ぎ立てて、薄汚い羽を撒《ま》き散らす。似ている、と思った。おじさまが忌《い》み嫌っていた女達に。

悪趣味な羽根飾りに埋もれた、醜い顔。今にも崩れ落ちそうなほど分厚く塗った白粉《おしろい》。真っ赤な唇からは、鵞鳥《がちょう》が絞め殺されるような耳障りな声で、頭の悪そうな言葉が吐き出されていた。剝き出しの二の腕は、ぶよぶよで、摑《つか》めば脂が滴り落ちそうで。彼女達が動くたびに、香水と体臭が混ざり合った悪臭が漂った。

頭の中にあるのは、「最新流行」の服と、宝石と、夜会と、芝居見物。噂《うわさ》話と悪口が大好きで。くだらなくて、おぞましい、女という名の化け物達。

ライブラリに出没する化け物達に、なんて似ているんだろう、彼女達は。騒々しくて、臭くて、醜くて、愚かで。彼女達に追い回されて、おじさまは心底うんざりしていた……。

もしも、あのとき、この剣が私の手にあったなら。あの女達を退治したのに。おじさまを悩ませる化け物達を、根こそぎ殺してあげたのに。

けれども、私は無力で、ちっぽけな小娘に過ぎなかった。化け物女を殺すどころか、追い払う事すらできなかった。

やっとの思いで逃げ出してきたおじさまを、慰めて差し上げるのがせいぜいだった。

＊

『可愛いアリス。ずっと変わらずにいておくれ』

『おじさま、私は変わらないわ』

『いつまでも、可憐な少女のままで』

『もちろんよ、おじさま』

『永遠に』

『約束するわ』

繰り返し、繰り返し、交わされた約束。大切な人への誓いの言葉。

化け物と戦って、強くなるのは、あの人との約束を違《たが》える事なのだろうか。永遠に変わらずにいると、約束した。化け物達の力を奪い取って強くなるのは、あの人への裏切り？

いいえ、おじさまが嫌っていたのは、あの女達。少女でいる事を捨てて、嫌なモノへと変わっていった女達。

私は違う。私は嫌なモノなんかにならない。だから、おじさまとの約束も破らない。

それに、私、知ってる。おじさまと私がしていたのは、本当は、いけない事。本当は、許されない事。

私が少女のままでいては、おじさまが悪者になってしまう。でも、私は、あの女達みたいにはなりたくない。

「矛盾してマスね」

「二律背反デスね」

人形達が笑っている。気持ちの悪い声で笑っている。

「どうしマスか？」

「困りマシタね」

私は人形達に背を向ける。困ってなんかいない。だって、簡単な事だもの。

私は、強くなる。無力な少女ではなく、醜い大人の女達でもなく。化け物達の力を奪い取って、強いモノへと変わってみせる。

私が少女でなくなれば、おじさまは悪者にはならない。あの女達みたいにならなければ、おじさまは私を愛してくれる。

ほら、とっても簡単。わかりやすくて、矛盾もしない。

強くならなければ。一日も早く。おじさまに会うために。

＊

他の物語の登場人物には、なかなか会えなかった。私の前に現れるのは、化け物達ばかりだった。犬の化け物、鳥の化け物、蛇の化け物、蜘蛛《くも》の化け物、蔓草《つるくさ》の化け物……。

それでもいい。非効率であっても、より多くの命を奪えばいいのだから。より多くの力を、化け物達から奪えば、私は強くなれる。

「良イのデスか？」

人形達が現れる。うるさくて、鬱陶しい。今度は何を言い出すのやら。

「バケモノ達は、臭くて醜いモノなのでショウ？」

「臭くて醜いモノのチカラを取り込んデモ、良イのデスか？」

何を言っているんだろう？　私はこんなにも、強く、美しくなったというのに。

大人の背丈よりも長い剣だって扱える。これを一振りするだけで、犬の化け物の首は吹っ飛び、鳥の化け物は地に落ちた。

鋭く尖《とが》った爪は、蛇の化け物を頭から引き裂いた。あの女達みたいな、悪趣味な色で塗りたくっただけの爪じゃない。とても強くて、役に立つ爪。

長い鎖を動かすのは、魔法の力。そう、私は強い魔力も手に入れていた。鎖で縛り上げ、締め上げて、蜘蛛の化け物をバラバラにした。檻《おり》に押し込め、鍵を掛けて放置したら、蔓草《つるくさ》の化け物達は皆、枯れてしまった。

もっと美しくなりたい。おじさまに愛されるために。もっと、もっと、強くなりたい。おじさまを守るために。

もう私は守られる側じゃない。私がおじさまを守る。おじさまは、とても繊細な心の持ち主だから。

ずっと前から気づいてた。おじさまの中には、とても壊れやすくて、儚《はかな》い少年がいることを。純粋で、優しくて、美しい。おじさまが愛したモノはすべて、おじさまの中にあったモノ。それを知ってたのは、私だけ。

全部、私が守ってあげる。おじさまの世界が見えているのは、私だけだもの。おじさまを理解してあげられるのは、私だけなんだもの。

大丈夫。私はもう、小さな女の子じゃない。吐きそうになりながら、無茶苦茶に剣を振り回していた弱いアリスじゃない。

早く、おじさまに見せたい。今の私の姿を。

「フフフッ、これは闇」

「ヒヒヒヒッ、これは×××××」

人形達の声が聞こえる。何を言っているんだろう？　誰と喋《しゃべ》っているんだろう？

「ハハハハハ！」

「アーッハッハッハ！」

人形達が笑う。何を笑っているのか？　いや、どうでもいい。そんな事はもう、どうでも良かった。

だって、私は……私ハ……ワタシ…………ワタシハ、ダァレ？

SINoALICE

黒ノ寓話

赤ずきん

むかしむかしあるところに、可愛い女の子がいました。女の子は、真っ赤なずきんがお気に入り。どこへ行くにも、真っ赤なずきんをかぶって出かけたので、赤ずきんと呼ばれるようになりました。

ある日、赤ずきんは、お母さんのお使いで、森へ出かけました。病気で寝ているおばあさんに、ケーキと葡萄酒《ぶどうしゅ》を届けるのです。お母さんは言いました。

「家の前の道をまっすぐに行くんだよ。決して寄り道をしてはいけないよ」

赤ずきんは、元気よく歩き出しました。しばらく歩くと、狼に出くわしました。

「おはよう、赤ずきん。いったい、どこへお出かけだい？」

「オオカミさん、おはよう。おばあさんのお見舞いに行くの」

優しげな声を出していましたが、狼は悪いやつでした。

「おばあさんの家はどこ？」

「森の奥」

何も知らない赤ずきんは、狼におばあさんの家を教えてしまいました。

「だったら、途中に綺麗な花が咲いている。案内してやろう。おばあさんに持っていけば、きっと喜ぶ」

決して寄り道をしてはいけないと言われていたのに、赤ずきんは狼に誘われて、花を摘みに行きました。

狼は、赤ずきんが夢中になって花を摘んでいる間に、おばあさんの家へ先回り。ベッドで寝ているおばあさんを、ぱくりと一口で食べてしまいました。そして、おばあさんの寝間着を着て、ベッドにもぐり込みました。

赤ずきんは、すっかり日が高くなってから、おばあさんの家に着きました。お見舞いなんて忘れて遊びほうけていたのです。

「赤ずきんや、近くにおいで。顔をよく見せておくれ」

おばあさんの声が何だか変です。そればかりか、見た目も変です。

「おばあさん、おばあさん、どうして、そんなに耳が大きいの?」

「それはね、おまえの声がよく聞こえるようにさ」

「おばあさん、おばあさん、どうして、そんなに腕が太いの?」

「それはね、おまえをしっかり抱きしめるためさ」

「おばあさん、おばあさん、どうして、そんなに口が大きいの?」

「それはね……」

狼は掛け布団《ぶとん》をはねのけました。赤ずきんを丸呑《の》みしようと、口を大きく開けます。

「なあんだ、オオカミさんだったんだ」

赤ずきんは、にっこり笑って言いました。

「一緒に遊ぼう!」

おばあさんを一口で食べちゃって、おばあさんの寝間着を着て、おばあさんのベッドにもぐり込んでたオオカミさん。ボクを待ち伏せしてたオオカミさん。

一緒に遊ぼうって言ったのに、オオカミさんは大きな口を開けて、一瞬でボクを丸飲みしちゃった。

＊

オオカミさんのお腹《なか》の中は、狭くて臭くて退屈で。どうやって外に出ようかなぁ、と考えてたら、チョキチョキとハサミの音が。猟師さんがオオカミさんのお腹を切って、助けてくれた。

ありがとう、猟師さん。大好きだよ。だからね、一緒に遊ぼう。

おばあさんを引っ張り出してた猟師さんの後ろから、えいやっ、と斧《おの》を振り下ろす。森で見つけた、木こりさんの忘れ物。古くて、大きくて、頑丈で、どんなモノでも真っ二つ。とってもステキなボクのオモチャ。

猟師さんの次は、オオカミさん。お腹を切られて動けない。ぶるぶる震えるオオカミさん。えいやっ、と斧を振り下ろす。辺り一面、真っ赤っか。

オオカミさんの次は、おばあさん。腰を抜かして動けない。あわあわしているおばあさん。えいやっ、と斧を振り下ろす。辺り一面、真っ赤っか。

オオカミさんのお腹に石をたくさん詰め込んで、口にも石を詰め込んで、深い深い井戸へ、どぼん。おばあさんにも石を詰め込んで、猟師さんにも石を詰め込んで、深い深い井戸へ、どぼん。

遊ぼう。遊ぼう。みんなで、遊ぼう。オオカミさんも、おばあさんも、猟師さんも、お母さんも。森の中で遊ぼう。長いお耳のウサギさん、首だけになって飛んでった。ふさふさシッポのキツネさん、頭と胴が、さようなら。

それから、それから、それから、それから。

まだまだ遊び足りないのに。もっと、もっと、遊びたいのに。

みんな、いなくなっちゃった。リスさんも、小鳥さんも、鹿さんも。みんな、真っ赤で、真っ二つ。誰も、ボクと遊んでくれない。

こんなの、つまんない。ねえ、作者さん？　ボクと遊んでくれる人、どうして、もっとたくさん出してくれなかったの？

＊

あれ？　ここは、どこ？

誰もいなくなって、つまんなくて、なんだか悲しくなって、ボクは……どうしたんだっけ？

なんで、ここにいるんだろう？　ここは、どこだろう？　薄暗くて、本がたくさんあって。

「ここは、どこですかぁ？　誰か、いませんかぁ？」

気配を感じて振り向くと、お人形が二体。男の子のお人形と、女の子のお人形。イキモノみたいに動いてる。

「ここハ、ライブラリ、デス」

喋《しゃべ》った⁉　おもしろいなぁ。腕を切ったら泣くのかな？　真っ赤っかになるのかな？

「一緒に、遊ぼう？」

「遠慮しマス」

「うん。わかった。遊ぼう」

「ダカラ、遠慮……キャー！　ヤメテー！」

男の子のお人形に、大きな斧を一振り。ぽーん、と首が飛んでったけど、真っ赤っかにはならなかった。

「なぁんだ、つまんない」

だって、ボクは赤ずきん。真っ赤なずきんがお気に入り。真っ赤っかで、あったかくて、ぬるぬるしてて、鉄みたいなニオイがお気に入り。だから、痛がりもしないし、血も噴き出さない、ハラワタも入ってない、そんなお人形は好きじゃないです。

「ソンナあなたニ、耳寄りナ情報を」

女の子のお人形が、ぴょこんと飛び跳ねた。男の子のお人形は、転がった首を拾いに行っちゃった。

「アナタの願イを叶《かな》えたいナラ、作者を蘇《よみがえ》らせるのデス」

「作者さん？」

一度も会ったことないけど、作者さんのことは知ってる。ボク、赤ずきんの物語を書いた人。

「ただし。作者を蘇らせるニハ、犠牲ガ必要なのデス」

「犠牲？　いっぱい殺していいのですか？」

「ハイ。派手ニ殺《ヤ》ッチャッテくだサイ」

その言葉が終わらないうちに、不思議なイキモノが現れた。トカゲにそっくりで、でも、トカゲよりも大きくて、炎を吐くイキモノ。

「わぁい！　一緒に、遊ぼう？」

斧を大きく一振り。しっぽが切れて、飛んでった。トカゲのしっぽは、切っても切っても生えてくる。だから、何度も遊べるよね？

火を吐く大トカゲは、森にいたトカゲよりも頑丈で、切っても切っても、なかなか死なない。楽しいなぁ。楽しいなぁ。

「あ……死んじゃった」

どんなに体が頑丈でも、首が落ちれば死んじゃうんだね、やっぱり。……でも。

「みんな、仲間？　もっと遊ぶ？」

大きなトカゲが一匹、二匹、三匹。わぁい、増えた増えた。四匹、五匹、六匹、七匹。しっぽを刻んで、おなかを開いて。首を落とすのは、後回し。

トカゲの次は、小鬼達。頭に角《つの》、手には棍棒《こんぼう》。トカゲよりも強くて、手足も丈夫で、いっぱい遊べる小鬼達。

腕を落として、足を切って。角を潰して、眉間に一撃。それでも、心臓が動いてる。お腹を割いて、ハラワタ出して。それでも、心臓は止まらない。まだ遊べる。

肋骨《ろっこつ》もろとも叩《たた》いて叩いて、潰して潰して。

「死んじゃった？　終わり……かな？」

と、思ったら。次の小鬼が現れた。わぁい！　まだ遊べます。まだまだ遊べる。
十四、二十四、三十四。たくさんたくさん、小鬼と遊んだけれど、まだまだ遊び足りない。ぜんぜん、足りない。
「もっと、いませんかぁ？」

今度は、クモが現れた。ねばねばの糸を吐きながら、八本の脚を振り上げて、クモの群れが向かってくる。

「遊ぼう！」

胴を切って、脚を落として、糸を吐く口を潰して。ぐしゃぐしゃに。大きなクモ、小さなクモ、たくさんのクモ。全部、全部、殺してあげますね。

一匹残らず殺したら、お次は大きな犬達が現れた。オオカミさんの友だちかな？　オオカミさんより大きくて、オオカミさんよりすばやくて、オオカミさんより力が強い。だからね、ボクも斧をぶんぶん振り回して、走り回ります。ざくざく、ざくざく、刻みます。

大きな犬達の後は、大きな鳥達。森にいた、どんな鳥より大きくて、すばやくて。それから、顔のある草に、幽霊に、ドラゴンに……遊び相手はいくらでも。

さぁて、どの子から殺そうかな？　小さな子達をまとめて殺す？　大きな子だけを先に殺す？

えーと……めんどくさい。考えるの、やーめた。みんな殺せば、同じこと。

「痛い？　痛い？　痛いですかぁ？」

なんて楽しいトコロでしょう！　なんてステキなトコロでしょう！　ライブラリは、ほんとの森ほど広くはなくて、ほんとの森より薄暗いけど、ほんとの森より楽しい遊び場。ボクは、ライブラリが大好きなのです！

けれど、不満がひとつ。もっと強い相手と遊びたい。ここのみんなは、弱すぎです。森の動物より強いけど、それでも、ボクには弱すぎて、あっという間に終わっちゃう。もっともっと、手《て》強《ごわ》い相手と、力いっぱい遊びたいです。

「他のおとぎ話の登場人物ナラ、もっと手強いデス」

「他のお話の？　その人も殺していいのですか？」

「ハイ、殺ッテいいデス。存分ニ、好き放題ニ」

わぁい。早く会いたいです。もっともっと手強い、他のおとぎ話の人達に。ボクは、火を噴くトカゲや、棍棒持ちの小鬼、大きなクモを殺して、殺して、殺しまくりながら、会えるその日を待ってます。

＊

でも。いばら姫に会ってみたら、ぜんぜん、遊んでもらえませんでした。せっかく、殺してあげようと思ってたのに。

＊

仕方が無いから、トカゲや小鬼やクモを、ざくざく、ざくざく殺します。大きな犬に大きなヘビを、叩いて潰して殺します。二本足のオオカミさん、ふわふわ飛んでるオバケさん、みんな、みんな、ハンマーで叩いて、ぺっちゃんこ。

早く会いたい。他のおとぎ話の人達に。いばら姫以外の人達に。

＊

でも、グレーテルに会ってみたら、ぜんぜん、遊んでもらえませんでした。兄様《にいさま》兄様って、それぱっかり。つまんなくなって、さよならしました。……でも、あの子が持ってた首は、とってもステキだったな。

＊

毎日、毎日、繰り返し。なんだか、飽きてきちゃったな。ここでみんなを殺しても、死骸の山を築いても、何かが変わる訳でなし……。何だか、ボクの胸の中、暗くて深い穴が空いてるみたい。その穴、いったいどうすれば、埋めて無くしてしまえるんでしょう？

ううん。そんなの、気にしない。遊んで、遊んで、殺して、殺して、もっと殺して、いっぱい殺して。ほぉら、楽しい。やっぱり、楽しい。どんなに大きな穴だって、たくさんの血と、たくさんの肉、詰めて塞げば、ほぉら、消えた。

たくさん遊んで待ってれば、お利口にして待ってれば、いつか必ず会えるはず。他のお話の人達に。もっと強い人達に。だから、楽しい。待つのも楽しい。

＊

「隠れてる子は、いませんかぁ？」

大きな斧をぶんぶん振って、ライブラリを歩きます。本棚の陰に、柱の向こう。隅から隅まで覗《のぞ》きます。

「遊んでくれる子、いませんかぁ？」

早く会いたい。他のおとぎ話の人達に。いばら姫と、グレーテル以外の人達に。

「ん？　あなた、誰ですかぁ？」

見たこともない、変なモノ。おかしな形の大きな敵。犬でもないし、鳥でもない。小鬼でもないし、クモでもない。だけど、一目で強いとわかる。ボクは何だか楽しくなって、変なモノに尋ねます。

「変なモノさん、変なモノさん、どうして、そんなにシッポが大きいの？」

オオカミさんみたいな、真っ黒けのシッポ。オオカミさんじゃないのに、もふもふのシッポ。ボクの背丈よりも長いシッポ。

「変なモノさん、変なモノさん、どうして、そんなにお手々が大きいの？」

おばあさんを指先で潰せるくらい、大きなお手々。剣みたいなツメが生えてるお手々。

「変なモノさん、変なモノさん、どうして、そんなに武器を持ってるの？」

大きな背中に背負っているのは、大きな斧に大きな剣、大きな杖、大きな弓。ボクの持ってる斧よりも、ずっとずっと大きな武器ばかり。

「変なモノさん、変なモノさん、どうして、そんなに……うわっ！」

ライブラリの床が壊れちゃった。ボクが立ってたところには、剣みたいなツメがぶっすり刺さってる。

思ったとおり、とっても強い。やっと会えた。ものすごく強い遊び相手。今まで出会った子達を全部、束ねて集めて、それより強い。たぶん。絶対。

「うれしいな」

変なモノさんは、きっと女王様なんですね。ライブラリで出会った子達の女王様。

「遊ぼう、女王様！」

大きな斧を振りかぶってジャンプ。体を反らして、勢いをつけて、思いっきり脳天に一撃。

「ふうん？　効いてないんだ？」

女王様は平然と、背中の剣を抜いてくる。

「ひゃっ！」

と思ったら、もう剣先が目の前に。横っ飛びで逃げて、今度は下から斧を振る。

「どう……かな？」

やっぱり、あんまり効いてない。力押しじゃダメみたい。

「うーん」

見上げてみれば、森の木みたいに大きい体。眉間を割ろうと思っても、ボクの背丈じゃ届かない。いっぱい、いっぱい血が出るように、首をはねてみたいけど、ボクの腕じゃ届かない。

さてさて、どうしたものでしょう？　いっしょうけんめい、考えます。今まで出会った動物達、ボクより大きなオバケにドラゴン、遊び方はどうだった？

ボクは、ひたすら考えます。斧を振り振り考えます。女王様は強いけど、体もとっても頑丈だけど、ボクは必ず見つけます。ちゃんと遊べる方法を。楽しく遊ぶ方法を。

「うん。わかった！」

ボクは体を低くして、斧を構えて猛ダッシュ。飛んでも跳ねても届かないなら、脚を狙えばいいんです。

「ほーら、できた！」

ずしん、と地響き。床にひれ伏す女王様。どんな巨体も寝かせてしまえば、こっちのもの。起き上がる前に、叩いて、叩いて。敵に武器を振らせない。

「床でも舐《な》めてて？」

体を起こしかけたところを、叩いて、叩いて。ふふふ。楽しいなぁ。このまま、ボコボコにするの、もったいないなぁ。もっと遊びたいなぁ。

「あっ！　ずるーい！」

もう動かないと思ってたのに、いつの間にか、魔法を使っていたみたい。女王様の傷がみるみる塞がって、おまけに、剝がした鎧《よろい》も元通り。刃こぼれしていた剣もピカピカに。

もしかして、まずい？　と思ったときには、ボクの体は宙に舞って、背中から床に落っこちた。

「ちょっと、遊びすぎた……かな？」

頭がくらくら。骨が一本か二本、折れたかも？

けほ、って咳《せき》をしたら、赤い飛沫《しぶき》が飛び出した。ボクの大好きな赤い色。床にノビてる場合じゃない。早く続きをしなくっちゃ。

「……遊ぼう！」

大剣の一撃で、また寝かされそうになったけど、ボクはどうにか起き上がり、斧をつかんで振り回す。

狙いは、女王様の脚。太くて丈夫な後ろ脚。がしがし叩いて、打って、削って。女王様が魔法を使う前に。守りが堅くなる前に。刃が鋭くなる前に。

皮膚を裂かれても、骨を砕かれても、ボクは何度も立ち上がる。ふらついても、よろけても、ボクは何度も武器を取る。

「遊ぼう！　遊ぼう！　遊ぼう！」

こんなに遊んでくれる相手なんて、もうこれっきりかもしれない。二度と会えないかもしれない。

「楽しい……なぁ」

どこもかしこも、真っ赤っか。これはボクの血？　女王様の血？

「ああああああ！」

喉が震える。吐き出しているのは、雄叫《おたけ》び？　悲鳴？　血反吐《ちへど》？

「……死ん…じゃった？」

もう、女王様は動かない。頭も胴体も腕も脚も、ぐちゃぐちゃになって、ぴくりともしない。辺り一面、生温かくて、ぬるぬるで、鉄の臭いで、くらくらしそう。

「なぁんだ……もう、終わり」

いっぱい遊んだつもりだったのに、終わってみれば、あっという間。つまんない。ため息をついたら、ごぼりと音をたてて、生温《なまぬる》い塊が口からこぼれた。腕がおかしな形に曲がってる。脚ががくがくしてる。ボクのカラダもボロボロ。もしかして、もう遊べない？

「イヤだよ……。もっと……遊びたい！」

もっと派手ニ殺ッチャッテ、と声がした。気のせい？　ボクは、ゆっくり振り返る。

「え？」

ぐちゃぐちゃになった女王様がゆらゆら動いてる。ぼーっと淡く光ってる。ぐちゃぐちゃがどろどろに熔《と》けて、光がどんどん強くなって……。

「こんにちは」

どろどろから生まれたのは、赤いずきんをかぶって、弓を手にした……ボク。

「そっか。そうだね。うん、遊ぼ……」

ボクと同じだったら、きっと強いはず。ボクと同じくらい、血と肉とハラワタが大好きなはずだから。ずっと、ずっと、遊んでられる。

「痛いですかぁ？」

弓を手にした赤ずきんが笑ってる。赤ずきんの放った矢が、ボクの腕に刺さってる。ずるいよ。この矢、魔法がかかってる。楽しそうに笑いながら、赤ずきんが弓を引く。

「ずるい……なぁ。自分ばっかり楽しんで。だからね、ボクも……」

踏み込んで、距離を詰めて。近づいてしまえば、魔法の弓だって、へっちゃら。矢が耳許《みみもと》をかすめて飛んでったけど、耳も一緒に飛んでっちゃったけど、ボクは構わず進みます。斧を振って、一直線。

「ほーら、ね？」

弓も矢も、くるくる回って飛んでった。腕と一緒に飛んでった。腕をなくした赤ずきん。弓を引けない赤ずきん。首が落ちた赤ずきん。

「終わり……じゃないよね」

だって。赤ずきんの首が光ってる。赤ずきんの胴体が光ってる。ゆらゆら動いて、どろどろに熔けて。

「こんにちは」

首から生まれた赤ずきん。剣を手にした赤ずきん。

「お友達を連れてきました」

胴体から生まれた赤ずきん。杖を手にした赤ずきん。増えた、増えた。赤ずきんが増えた。

「一緒に、遊ぼう！」

「一緒に、遊ぼう！」

赤ずきんが剣を一振り。杖を持つ手が飛んでった。ボクも、えいやっ、と斧を振る。

「こんにちは」

「こんにちは」

「こんにちは」

本を手にした赤ずきん。楽器を手にした赤ずきん。おかしな服の赤ずきん。どんどん殺して、どんどん増える。

みんな、みんな、笑ってる。楽しそうに、笑ってる。武器を構えて、笑ってる。

「一緒に、遊ぼう！」

ボロボロだけど、立っているのがやっとだけど、斧を持つ手が震えてるけど、遊ぼう。死ぬまで遊ぼう。殺し合おう。最後の一人が残るまで。最後の一人が倒れるまで。

ああ、楽しいなぁ、楽しいなぁ、楽しいなぁ、楽しいなぁ、楽しいなぁ、楽しいなぁ、楽しいなぁ、楽しいなぁ、楽しいなぁ、楽しいなぁ、楽しいなぁ。

ピノキオ

むかしむかしあるところに、ピノキオという男の子がおりました。人間の男の子ではなく、人形の男の子です。ピノキオは、ゼペットじいさんが作った木の操り人形でした。

ピノキオは、操る人がいなくても自分で動けるし、お喋《しゃべ》りもできました。子供のいないゼペットじいさんは、大喜び。ピノキオを我が子同様に可愛がって育てることにしました。

けれども、ピノキオは勉強と努力が大嫌いな怠け者でした。学校にも行かず、ゼペットじいさんの手伝いもせず、面白おかしく遊び暮らしたいというのがピノキオの望みでした。

しかも、ピノキオは嘘つきでした。楽をするためなら、平気で嘘をつきました。ゼペットじいさんに、学校へ行くと嘘をつき、悪い仲間と遊び回っていました。

そんな具合でしたから、ろくな目に遭いません。ずる賢いキツネとネコに金を巻き上げられたり、見世物小屋に売られたり。果ては、海の向こうの遊園地へ連れて行かれて、ロバにされてしまいました。その遊園地には、ピノキオと同じような怠け者の子供達が世界中から集められていたのでした。

ロバの姿になったピノキオを買ったのは、獣の皮で楽器を作る職人でした。職人は、ロバのピノキオを鎖で縛り上げ、海に沈めました。殺して皮を剥ぐためです。

でも、ピノキオにとって、それは却《かえ》って幸運でした。魚達が集まってきて、あっという間にロバの皮を食べてくれたのです。ロバの皮がなくなってみれば、中身は元のまま、木の人形のピノキオでした。

細い木の手足なら鎖から抜け出すのも簡単です。自由になったピノキオは、陸に向かって泳ぎ始めました。ところが、いくらも泳がないうちに、巨大なサメが現れ、ピノキオを丸飲みしてしまいました。

巨大なサメは、ピノキオ以外にもいろいろなものを飲み込んでいました。魚達に、釣りの道具に、船に……なんと、ゼペットじいさんもいるではありませんか！

ゼペットじいさんは、ピノキオが海の向こうに連れ去られたと、人づてに聞いたのです。可愛い我が子を助けに行かねばと船を出したものの、途中で巨大なサメに船ごと飲み込まれてしまったのでした。

ピノキオは機転を働かせて、ゼペットじいさんと魚達を連れて、サメのお腹から飛び出しました。そのお礼に、魚達はピノキオとゼペットじいさんを背中に乗せて、陸まで運んでくれました。

やっとの思いで家に帰ったピノキオは、心を入れ替えて勉強しました。家の手伝いもやりました。嘘もつかなくなりました。やがて、そのご褒美《ほうび》として、ピノキオは人間の男の子になれました。

ただ、嘘をつくたびに伸びていた鼻だけは、人間の鼻にはならず、そのまま落っこちて木の杖になったのです……。

＊

僕はピノキオ。いい子になったピノキオ。今日も、日の出と共に起きて、ゼペットじいさんのお手伝い。台所の水瓶《みずがめ》がいっぱいになるまで、井戸から水を汲《く》んで運ぶんだ。それが終わったら、畑仕事。雑草をむしって、水を撒《ま》いて、耕して。ああ、めんどくさいなぁ。いい子になっても、めんどくさいものは、めんどくさい。だって、雑草は抜いても抜いても生えてくる。水を撒いても、お日様が照れば地面はカラカラ。やってもやってもキリがない。耕すのだって、大変。鍬《くわ》は重いし、土は硬い。人間になっても、力が強くなったわけじゃない。何回か鍬を振り上げただけで、クタクタ。

今日はもう、やめちゃおうかなぁ。一日くらい、いいよね？　今日は休んで、明日からまた頑張れば。

『オイオイ。ピノキオ、駄目ダ駄目ダ』

鍬を放り出そうとしたら、杖が喚《わめ》いた。人形だった僕の鼻から生まれた杖。嘘をつくたび伸びた鼻は、人間になるとき、落っこちて、うるさく喋る杖になった。

『畑仕事ッテノハ、毎日ヤラナキャ意味ガ無インダゼ？　一日デモ怠ケレバ、全部、台無シ。作物ハ枯レテ、草ボウボウ。コレマデノ苦労ガ水ノ泡ダ』

杖はいつも、口うるさい。アレ駄目、コレ駄目、ソレ駄目、駄目駄目駄目。……でも。

「そうかな？　うん、そうかもしれない」

杖の言う事にも一理ある。たとえ明日はちゃんとやるとしても、今日の夕方、ゼペットじいさんが畑の様子を見に来たら？　僕が怠けたって、バレてしまう。

「そうだ。そうだよね。ちゃんと、やらなきゃ」

僕は放り出した鍬を拾って、硬い土を耕していく。これで、ゼペットじいさんがいつ畑を見に来ても大丈夫。僕は怒られずに済む。良かった良かった。僕は笑顔で杖に言った。

「ありがとう」

＊

朝ご飯を食べたら、学校へ。もうズル休みしたりしない。悪い仲間の誘いにも乗らない。宿題だって、きちんとやってる。

でも、授業はいつも退屈。先生の話は長ったらしいし、喋り方も単調で、聞いていると、だんだん飽きてくる。居眠りしないように、目を開けているのが一苦労。ああ、今日も眠いなぁ。いい子になっても、つまらないものは、つまらない。

と、後ろの席から何かが飛んできた。誰かが捕まえたヒキガエル。振り返ると、悪ガキの一人がニヤリと笑って、教壇を指さした。

なるほど、先生が黒板に向かっている隙に、こいつを教卓に置けって言ってるんだ。だって、先生はカエルが大の苦手。目の前にヒキガエルがいたら、どうなるか？

ふふふ。面白そう。僕は、教科書の上をのたのた歩いてるヒキガエルをつまみ上げた。

『オイオイ。ピノキオ、駄目ダ駄目ダ』

足下に置いてた杖が小さな声で言った。口うるさい杖だけど、授業中は大声で喚《わめ》いたりしない。

『先生ニ悪戯《いたずら》ナンテ、トンデモナイ。騒ギニナレバ、授業ハ中断。ソレデ損ヲスルノハ誰ダ？　オマエ自身ダロウ？』

どうせ、半分居眠りしてるような授業なんだから、中断しても、どうってことないような気がするけど。……でも。

「そうかな？　そうかもしれない」

あの悪ガキのことだから、僕が一人で悪戯したことにして、自分は知らん顔するつもりかもしれない。そうすれば、叱られるのは僕一人。損をするのも僕一人。

「そうだ。そうだよね。悪戯なんて、やめとこう」

僕はヒキガエルを窓の外へと放してやった。悪ガキが舌打ちしてる。これで、僕一人が悪者にされることもない。良かった良かった。僕は、笑顔で杖に言った。

「ありがとう」

＊

学校が終われば、また畑仕事。畑仕事が終われば、宿題。宿題が終われば、晩ご飯。晩ご飯が終われば、夜なべ仕事にカゴを編む。これが、いい子になった僕の一日。ね？　遊ぶ暇なんてないでしょう？

学校がない日だって、遊んだりしない。町へ出かけて、カゴを売る。売ったお金で、お買い物。ゼペットじいさんに頼まれた、干し肉に、瓶詰に、缶詰に、それから、鉄の鍋と火箸。決して言い値で買ったりしない。あくどい商人が付けた値札なんて、すぐに見破る。ちゃんと学校で勉強してるから、僕はもう、狡《ずる》い奴らに騙《だま》されたりしないんだ。

今じゃ、値切るのだって、得意さ。今日も、鉄の鍋を安く買ったし、缶詰も三つ、オマケに付けさせた。

カゴもたくさん売れたから、まだまだお金が余ってる。ゼペットじいさんに何かお土産《みやげ》を買って帰ろうかな。暖かい上着はどうだろう？　軽くて暖かい上着があれば、教会へ行くときにも寒くない。

『オイオイ。ピノキオ、駄目ダ駄目ダ』

仕立屋に入ろうとしたら、杖が喚いた。何が駄目なんだろう？　怠けようとしたわけじゃないし、悪戯をしようとしたわけでもない。

『新シイ上着ナンテ、金ノ無駄ダ。ジイサンニ、頼マレタノカ？　頼マレテナイダロウ？　不必要ナ物ハ買ウナ。言ワレタ物ダケ買エバイイ』

確かに、頼まれたわけじゃないけど。ゼペットじいさんは、自分から新しい上着が欲しいなんて言わないから。……でも。

「そうかな？　そうかもしれない」

新しい上着を教会に着ていけば、贅沢《ぜいたく》をしてるとか、いい気になってるとか、陰口を叩《たた》く人がいるかもしれない。とにかく粗探《あら》しをしたり、難癖をつけたりしたくてたまらない連中がいる事を、僕は知ってる。

「そうだ。そうだよね。上着なんて買わないよ」

僕は回れ右をして、仕立屋を後にした。これで、ゼペットじいさんが陰口を叩かれることもない。無駄遣いもしなくて済んだ。良かった良かった。僕は、笑顔で杖に言った。

「ありがとう」

＊

家に帰ったら、食事の支度。最近じゃ、僕が料理をするようになったんだ。ゼペットじいさんはもう足腰が弱ってて、台所に立つのが辛くなったから。

木の人形だった頃は、火のそばに行けないし、梨の皮も剝けなかった僕だけど、人間になった今は、火も包丁も使える。

と言っても、最初は野菜や肉をぶつ切りにするのが精一杯、火加減だってうまく調節できなかった。だから、いつも野菜と肉と缶詰の豆を入れたスープばかり。

包丁の扱いにも慣れてきたから、もう少し凝った料理を作ってみようかな。ゼペットじいさんだって、来る日も来る日も同じスープじゃ飽きると思うんだ。

味付けも工夫して、野菜はサラダに、肉はこんがり焼いて、缶詰の豆は潰して付け合わせにして……。

『オイオイ。ピノキオ、駄目ダ駄目ダ』

台所の入り口に立てかけておいた杖が叫んだ。僕は人間になれたから、火のそばでも平気だけど、杖は木で出来ているから、火のそばだと燃えてしまう。もともと人形だった頃の僕の鼻だからね。それで、火から遠いところに置いた。

僕の部屋に置いておけばいいんだろうけど、杖と離れるのはちょっと不安なんだ。だって、杖はいつも正しい事を教えてくれるから。

『味付ケヲ工夫スル？　余計ナ事ヲスルンジャナイ。昨日マデ同ジ料理ダッタンダカラ、今日モ明日モ同ジデイイ。毎日、同ジ料理デ何カ不都合ガ有ルカ？』

工夫してみるのって、余計な事なのかな？　ゼペットじいさんが喜ぶかもって思ったんだけど。

……でも。

「そうかな？　そうかもしれない」

同じ料理じゃ飽きるっていうのは、僕の勝手な思い込みかもしれない。それに、どうせ材料は同じなんだから、どんな味付けにしても、お腹の中に入れば同じだよね。要するに、無駄って事。だったら、やらないほうがいい。

「そうだ。そうだよね。今日も同じ料理を作るよ」

僕は、昨日と同じように、包丁で野菜をぶつ切りにした。工夫なんてしない。余計な事はしない。杖はまた正しい事を教えてくれた。良かった良かった。僕は、笑顔で杖に言った。

「ありがとう」

＊

無事に一日が終わった。あとは寝るだけ。ベッドに腰掛けて、僕は杖を手に取った。

「今日も、悪い子にならずに済んだよ。誰からも叱られなかったし、誰にも迷惑をかけなかった」

僕が間違えそうになったら、杖が正してくれたから。余計な事をしそうになったら、杖が止めてくれたから。

「だけど……これで、良かったのかな？　僕、このままでいいのかな？」

いつも、杖に頼ってばかり。もしも、杖がなくなったらと思うと、居ても立ってもいられない。手の届くところに杖がないと、心細くて不安で怖くて……。

『オイオイ。ピノキオ、駄目ダ駄目ダ』

杖が、噛《か》みつかんばかりの勢いで僕に迫ってくる。口うるさい杖だと思っていたはずなのに、いつの間にか、気にならなくなっていた。

『余計ナ事ヲ考エルンジャナイ』

むしろ、がみがみと口うるさく言われる事が心地よい。なぜだろう？

『オマエハ、何モ考エルナ。周リノ大人達ノ言ウ事ヲ聞イテイレバイイ』

「そうかな？」

『ソウダ。頭ヲ空ッポニシテ、命令ニ従ウダケ。簡単ダロウ？』

「そうかもしれない」

ああ、やっぱり杖は正しい。僕は、何も考えなくていい。僕が考えなくても、代わりに誰かが考えてくれる。それに従うだけでいい。なんて楽なんだろう！

「そうだ。そうだよね」

もう考えるのはやめる、と言おうとしたときだった。部屋のドアが静かに開く。

「ピノキオや。さっきから、何を一人でぶつぶつ言っているんだい？」

「一人じゃないよ。僕、杖と話をしていて……」

「杖？」

「そうだよ。人間になったとき、鼻だけ杖になっちゃったでしょう？」

僕は自分の顔に手をやってみる。人間になった日を思い出しながら。ほんのちょっと前の事なのに、遠い遠い昔の話みたいだ。何だか記憶も朧気《おぼろけ》で。

いい子になったご褒美に、星の女神様が僕を人間にしてくれたんだけど、変だな。女神様の顔が思い出せない。女神様は、僕に何て言ったんだっけ？　……まあ、いいか。思い出せなくても、僕には杖がいる。

「杖はいつも、正しい事を教えてくれるんだ。口うるさくて、がみがみ言ってばかりで、ちょっと耳障《みみざわ》りな声だけど」

ゼペットじいさんが怪訝《けげん》そうな表情を浮かべ、僕をじっと見ている。

「わしには、おまえの声しか聞こえなかったよ」

え？　どういう事？　だって、僕の声と杖の声、全然、違うのに。どうして、ゼペットじいさんには聞こえないの？

「あれ？　おかしいな？」

顔に触れている指先が、なだらかな隆起を捉えた。顔の中心部にある盛り上がった場所。これって？

「僕の鼻は人間になれずに、落ちて杖になった……んだよね？　どうして、僕に人間の鼻があるの？　おかしいよ。ねえ、どうして？　いつから？　いつから、僕に鼻が生えてきたの？」

「いつからも何も、最初から、おまえには人間の鼻がついていたが？」

「最初から？　じゃあ、杖は？」

人形だった僕の鼻が、そのまま人間の鼻になったのなら、いったい、杖はどこから来たんだろう？

「さっきから言っている、杖というのは、何の事だね？」

「僕の杖だよ！　いつも僕に正しい事を教えてくれる杖だよ！　ほら、ここに！」

僕の手は、空っぽだった。さっきまで僕が握りしめていたはずの杖は、消えていた。部屋の中を見回す。杖なんて、影も形もない。

「嘘だ……」

人間になったときから、僕には鼻があった。杖は無かった。

「そんな！　そんなの……そんなの……っ！」

目の前がぐるぐる回っている。信じられない。僕が今まで頼りにしてきた杖は、どこにも無かった、なんて。

「ピノキオ、落ち着きなさい」

「なんで？　なんで？　落ち着いていられるわけないだろう！　アレがなきゃ、僕はダメなんだ！」

僕が間違えれば、杖が正してくれる。僕が迷えば、杖が決めてくれる。その杖が無かった。最初から。じゃあ、僕が見ていたモノは？　僕が聞いた声は？

「おかしいよ、そんなの。でも、本当におかしいのは？　もしかして……」

そのときだった。

「オイオイ。ピノキオ」

僕の手のひらには、あの顔があった。

「駄目ダ駄目ダ」

紛れもなく、あの声だった。見れば、手のひらだけでなく、肘にも、二の腕にも、あの顔がある。

「考エルナト言ッタダロウ？」

足にも、同じ顔がある。膝にも、太股《ふともも》にも、脹《ふく》ら脛《はぎ》にも。

「うん。そうだね」

安堵《あんど》感が胸の中に広がっていく。顔も、どんどん広がっていく。僕の腕に、足に、腹に、胸に、いくつもいくつも増えて、広がっていく。

「ああ、良かった。もう大丈夫」

ゼペットじいさんが、何か恐ろしいモノでも前にしているかのように、両目を見開いている。

「怖がらなくていいのに」

口うるさくて、がみがみ言ってばかりの杖だけど。アレ駄目、コレ駄目、ソレ駄目、駄目駄目駄目駄目……って。でも。

「ソノホウガ、僕ハ、安心デキルンダ」

気がつけば、僕の手も足も、杖の色をしていた。木の人形だったときと同じ、木の色。人形だったときと違うのは、あの顔がいくつもいくつも付いてる事。顔はまだまだ増えていく。増えて、膨れて、どす黒く変わる。僕の目も、どす黒い顔に覆い尽くされて、もう何も見えない。ただ黒い色があるだけ。

「ドウデモイイ、カ」

「ソウダ。ソレデイイ」

僕は、笑顔で杖に言った。

「アリガトウ」

何も考えなくていい。何もしなくていい。全部、杖がやってくれる。だって、僕は杖で、杖は僕だから。

「ぎゃああああああ！」

ゼペットじいさんの悲鳴が聞こえた。ぐしゃりと何かが潰れる音も。杖とひとつになった僕の中から。

美味《おい》しい？　不味《まず》い？　さあ？　わからない。僕には、何も。だから。
杖に訊《き》いて？

アラジン

むかしむかしあるところに、アラジンという貧しい若者がいました。父親は、アラジンがほんの子供だったころに亡くなりました。母親は病気がちで、仕事も家事もあまりできませんでした。

それで、アラジンの姉《ねえ》さんが働いて家計を支えました。でも、姉さんだけではたいしてお金を稼ぐことができません。それでも姉さんは、わずかな食べ物をアラジンに与え、自分は水だけ飲んで我慢しました。そして、とうとう飢え死にしてしまいました。

前後して母親も亡くなり、ひとりぼっちになったアラジンは、生きていくために何でもやりました。盗みもしましたし、人の良い年寄りをだまして金を巻き上げたりもしました。年端《としは》のいかない少年が自分の力で生きていくには、そうするしかなかったのです。

あるとき、アラジンは魔法使いの家に盗みに入り、捕まってしまいました。魔法使いは言いました。

「わしは心の広い魔法使い。言うとおりにすれば、助けてやろう」

アラジンがうなずくと、魔法使いはアラジンを古い井戸のところへ連れて行きました。そうして、アラジンの胴に縄を巻き付け、火を付けたろうそくを持たせて言いました。

「井戸の底に、古いランプが落ちている。それを拾ってきておくれ」

アラジンは、用心しいしい井戸を降りていきました。底まで降りると、アラジンは目を見張りました。なぜなら、井戸の底は宝石や金貨でいっぱいだったからです。けれども、魔法使いに頼まれていた古いランプがありません。宝石や金貨をかき分けるようにして、アラジンはランプを探しました。

宝石と金貨の中に埋もれていたランプを見つけたときには、ろうそくはすっかり短くなり、今にも消えそうになっていました。

「そうだ、ろうそくの火をランプに移せばいい」

アラジンは、古ぼけたランプを上着の裾でこすりました。煤《すす》と錆《さび》で、ひどく汚れていて、うまく火が移るかどうか、怪しかったからです。そのときでした。もくもくと煙が立ち上ったかと思うと、それは男の姿に変わりました。

「私はランプの魔神。ご主人様、お言いつけを。如何《いか》なる命にも従いましょう」

「どんな命令でも？」

「何なりと」

なるほど、魔法使いがランプを欲しがったのも道理です。アラジンは、魔法のランプを横取りして、ランプの魔神に願いを叶《かな》えてもらいました。大金持ちになったのです。

一生かかっても使い切れないほどの金貨と、大きなお屋敷と、大勢の召使いがアラジンのものになりました。

大金持ちになったアラジンは、美しいお姫様を妻に迎えました。盛大な結婚式を挙げました。

そして、その夜……。

＊

「君が欲しいモノは何？」

僕は、白くてほっそりとした手を取り、微笑《ほほえ》んでみせる。

「何でも買ってあげよう。どんなに高価なモノでも、どんなに希少なモノでも、必ず僕が買ってあげる」

この世には、金で買えないモノなんて無い。それはつまり、僕が手に入れられないモノなど無い、という事。

「言ってごらん？　さあ！」

僕は、君の唇が紡《つむ》ぎ出すであろう言葉を、じっと待った……。

＊

思い起こせば、ランプの魔神は、僕の願いは何でも叶えてくれた。出会ったその瞬間から。だから僕は、悪い魔法使いから逃れる事ができた。

魔法使いの力が及ばない場所まで逃げ延びて、やれやれと安堵《あんど》の息を吐《つ》いたら、すかさず魔神は次の願いを叶えてくれた。

「ご主人様、お言い付けを。何をお望みで？」

「そうだな。もう貧乏暮らしはイヤだ」

どうやって空腹を満たせばいいのか。頭の中にあるのは、それぱかり。四六時中《しろくじ》、食い物の事ばかり考えている。たとえ、綺麗なモノや楽しそうな事が目に入っても、二秒で忘れる。だって、僕には関係ないから。……それが貧乏暮らし。

「御意《ぎょい》」

魔神が恭《うやうや》しく一礼するや否や、ランプから金貨が溢《あふ》れ出した。あたり一面を覆い尽くしても、まだ止まらなかった。こうして、僕は一生かかっても使いきれないほどの金貨を手に入れた。

着心地の良い服を身につけ、適当に金をばらまいて遊び仲間を作り、美しいモノや珍しいモノを手に入れる。楽しく過ごすためにはどうすればいいのかを考える。空腹の二文字は、僕の頭から永久に消え去った。

「ご主人様、次は何をお望みで？」

「そうだな。寒さに震えながら眠るのはイヤだ」

まだ家族と暮らしていた頃は、隙間風が容赦なく吹き込む家で、薄っぺらい毛布にくるまっていた。それさえ、屋根と壁があっただけマシだった。家畜小屋に忍び込んだり、橋の下で眠ったりするのに比べれば。いずれにしても、死との境目が曖昧《あいまい》な眠りだった。そんなの、二度と御免だ。

「御意」

魔神が恭しく一礼するや否や、僕の目の前には立派な庭園を備えた広大な屋敷が現れた。どの部屋も広々として、頑丈な窓と分厚いカーテン、そして、大きな暖炉が設えられている。寝室には、羽布団《ぶとん》を山のように積み上げた寝台が。なるほど、これなら暖かく眠れる。

「ご主人様、次は何をお望みで？」

「そうだな……」

僕は小声で答えた。もう、ひとりぼっちはイヤだ、と。そう答えた自分に驚き、恥ずかしくなった。あまりにも子供じみた願いだ。魔神に笑われるかもしれないと思ったが、彼は眉ひとつ動かさなかった。

「御意」

魔神が恭しく一礼するや否や、僕の周囲に真っ白な霧が立ち込めた。

「おい⁉　いったい、これは⁉」

何も見えやしないじゃないかと抗議したときにはもう、白い霧は消えていた。そして、僕の目の前には、この上もなく美しい姫がいた。

「なんて美しいんだろう！」

夢でも見ているのではないかと思った。それほどまでに美しい姫だった。僕は一瞬で恋に落ちた。

「僕はアラジン。君は？」

姫は答えなかった。どこか浮かない表情を浮かべている。

「そんな顔をしないで。僕が必ず幸せにしてあげるから」

それでも、姫は黙ってうつむくばかり。

「言葉だけじゃ信用できない？」

幸せにするというのは、口先だけじゃない。僕には、魔法のランプがある。いつもみたいに、魔神を呼び出せばいい。

「御主人様、次は何をお望みで？」

「そうだな。大きな城が欲しい。王と王妃のための玉座があって、大勢の召使いと侍女がいて、絹のドレスと宝石がぎっしり詰まったクローゼットがたくさんあって……」

きっと姫にとって、ご馳走《ちそう》を食べて着飾って暮らすなんて、当たり前なんだろう。だったら、それ以上のモノが必要だ。でなけりゃ、「幸せにする」なんて、到底言えない。ただの金持ちじゃなくて、それ以上の地位が要る。

「御意」

魔神が恭しく一礼するや否や、僕と姫は大きな城の玉座にいた。目の前には大勢の家臣や兵隊達が跪《ひざまず》き、その向こうには、ドレスや宝石を捧《ささ》げ持った侍女達が控えている。

「今日から、この城も、ここに仕える者達も、何もかもが君のモノだよ」

なのに、姫は浮かない顔だった。何としてでも、彼女を笑顔にしたい。女の人が幸せになるには、他に何が必要なんだろう？

「ご主人様、次は何をお望みで？」

「そうだな。結婚式だ。盛大な結婚式を挙げよう。純白のウェディングドレスに、ダイヤモンドのティアラ、それから、城の中を真っ白な花で埋め尽くそう！」

女の人なら誰もが花嫁衣装に憧れると聞いたことがある。

『今日ね、婚礼衣装の仮縫いに来たお客さんがいたの。ちらっと見えたんだけど、夢みたいに綺麗だった』

『夢?』

『そうよ。眩《まぶ》しいくらいに真っ白なドレス。ああ、なんて素敵なんでしょう!』

きっと姫も喜んでくれる。あんなふうに、うっとりと……。

「御意」

魔神が恭しく一礼するや否や、姫は、真珠を鏤《ちりば》めたウェディングドレスに身を包んでいた。繊細なレースのヴェールを被り、手には白薔薇《ばら》のブーケ。姫がどんな顔をしているのか、ヴェールに隠れて見えなかったけれども、今度こそ笑顔になってくれたに違いない。

「さあ、結婚式だ!」

姫を幸せにしたい。……幸せにしてあげられなかった人の分まで。

「ほら、素晴らしい光景だろう?」

白い衣装の可愛らしい子供達が花びらを撒《ま》く。結婚の指輪には、サクランボよりも大きなダイヤ。本物の王侯貴族にだって、これほどの品は用意できない。

「他に欲しいモノはないかい? 何だって用意するよ。君を世界一幸せな花嫁にするためなら」

答えがなかったから、きっと姫は満足したのだと思っていた。誓いのキスをするために花嫁のヴェールを上げれば、そこには、幸せそうな笑顔があるはずだった。なのに、やはり姫は浮かない顔をしていた。

「ご主人様、次は何をお望みで?」

城も、ドレスも、宝石も、花嫁衣装も、駄目だった。いったい何を用意すれば、姫は笑ってくれるのだろう？　何が必要なのだろう？

僕は、頭から湯気が出そうなくらい、考えた。魔神に何を願えばいいのか、一生懸命、考えた。

「そうだな。宴《うたげ》？　うん、結婚を祝う宴だ。国中の人々を招いて盛大な宴を催そう！　片っ端から酒樽《さかだる》を開けて、ご馳走もどっさり」

「御意」

大勢の人々に祝福されれば、きっと晴れがましい気持ちになれる。でも、それだけじゃ足りない。もっと……もっとだ。

「ああ、そうだ。子供達にはお菓子《かし》を山ほど降らせてやろう！　打ち上げ花火もいいな。それから、爆竹も鳴らそうか」

「御意」

まだ足りない。他には？　それから？

「旅芸人達も集めてくれ。曲芸師も、道化師も」

「御意」

たくさんの笑顔に囲まれれば、姫も笑顔になるだろう。今度こそ幸せな気持ちになれるだろう。

『笑顔は自分のためにあるんじゃないの。目の前の人を幸せにするためにあるのよ』

口癖というよりも、自分自身に言い聞かせているかのようだった。その言葉どおり、あの人は最期まで笑っていた……。

宴は三日三晩、一時も途切れることなく続いた。これ以上は一口だって食べられないほど、ご馳走を腹に詰め込み、歩けなくなるまで酒を飲み、声が嗄《か》れるまで笑い転げ、疲れてふらふらになって、人々は帰っていった。

そして、僕と姫は二人きりになった。絹の羽布団を積み重ねた豪奢《ごうしゃ》な寝台を魔神に用意させたのに、姫はやっぱり悲しげな顔をしていた。

宴の間も、ずっとそうだった。旅芸人達が面白おかしい寸劇を披露しても、道化師が戯《たわ》けて見せても、その場の誰もが笑い転げても、姫だけは笑わなかった。

もうお手上げだ。これ以上、何を用意すればいいのか、わからない。女の人が喜びそうなモノは全部、集めた。幸せになるために必要だと思えるモノは全部、揃《そろ》えた。それでも、姫は少しも幸せそうな様子を見せてくれない。

何が足りない？　何を用意すればいい？

考えても考えても、わからなかった。豪奢な寝台の上で膝を抱えて、僕は途方に暮れた。姫は悲しげな顔でうつむくばかり。気がつけば、朝になっていた。

露台《ろだい》に出て、外を見渡せば、小綺麗な家々と美しい田園風景が広がっている。勤勉な民と肥沃な土地を備えた、豊かな国。大きくて立派な城に、優秀な家臣達。屈強な軍隊。食事も衣服も贅《ぜい》沢《たく》で、目にするすべてが快い。そして、目の前には愛《いと》しい姫。

完璧だ。ここには、何もかもがある。僕はすべてを手に入れた。そのはずなのに、この満たされない思いは何なのだろう？

『欲しいモノ？　そうね、ほんの少しのパンと、穴の空いていない服があれば、十分』

ここには、食べきれないほどのパンがある。服だって、数え切れないくらい。どれも穴なんて空いていない新品だ。でも、少しも「十分」じゃない……。

「ご主人様、次は何をお望みで？」

いつものように、魔神を呼び出してみたけれど、僕は即答できなかった。魔神に何を願えばいいのか、わからなかったからだ。

「わからないんだ。何かが足りない。何だか、心の中に大きな穴が空いてるみたいで……」

「御意」

いつものように、魔神は恭しく一礼した。そして、やたらと長ったらしい呪文を唱えて、僕に魔法をかけた。

「あれ……？」

妙に、ふわふわした気分だった。さっきまで、思い悩んでいたのが馬鹿馬鹿しく思える。何が起きたのか、よくわからないまま、僕は寝室に引き返した。

絹の羽布団を積み重ねた豪奢な寝台の上で、姫が笑っていた。初めて見る笑顔だった。でも、姫の面差しはあの人によく似ているから、どこか懐かしい気がした。僕は嬉《うれ》しくなって、姫を抱き寄せた。

口づけると、果実のように甘かった。羽布団に沈む身体《からだ》は頼りなく、それでいて熱く、僕はただただ夢中になった。今度という今度こそ、すべてを手に入れたと思った。心の中に空いた穴も消えていた。

汗ばんだ身体を離したのは、ほんの束《つか》の間。もう一度、姫の手を取ろうとしたときだった。姫の肩が震えていた。風の音よりも微《かす》かな声で、姫が泣いている。

「泣かないで」

優しく声をかけても、背を向けたままで姫は泣いていた。

「なぜ泣く？　何も悲しむ事など無いのに」

いいえ、と今にも消え入りそうな声が聞こえた。姫の声じゃない。けれども、聞き覚えのある声だ。

「……ではないのです」

「姫？」

「私ではないのです。貴方《あなた》が愛しているのは」

「何をそんな。馬鹿な事を」

「貴方の心にあるのは、私ではないのです」

僕は思わず、姫の顔を覗《のぞ》き込んだ。

「私ではないのです」

泣いていたのは、姫ではなかった。

「どうして⁉」

声が震えた。この世にいないはずの人の顔がそこにあったから。

「姉さん……」

貧しい暮らしの中、必死になって僕を守ってくれた人だった。屑《くず》拾いをしたり、物乞いをしたりして、姉さんは僕を養ってくれた。でも、暮らしはますます困窮して、それでも姉さんは僕にだけは、ひもじい思いをさせまいとして……。

どんどん痩せて、弱っていって、とうとう起き上がれなくなって、姉さんは死んでしまった。銅貨一枚でいい、金があれば。金さえあれば、姉さんを死なせずに済んだのに。

「私ではないのです」

確かに、姫は姉さんによく似ていた。薄汚れた顔を洗って、ぼさぼさの髪を結って、煮染めたような色の服を脱がせて、絹のドレスを着せたら、姉さんだって姫に負けないくらい美しくなっただろう。

「そうです。幸せにしてあげるという言葉は、私に向けられたものではないのです」

「そんな！」

「贅沢な食事も、綺麗なドレスも、大きなお城も、私のためのものではないのです」

「違う！　違う！　僕は、君に……君のためだけに！」

姉さんの顔をした姫が、じっと僕を見ている。

「僕が愛しているのは……」

姫の名を呼ぼうとして、僕の唇は凍り付いた。姫は何という名だった？　夢のように美しくて、一目で恋に落ちた姫の名は？

「君は……」

思い出せなかった。姉さんが泣いている。今となっては、姫がどんな顔だったのかも思い出せない。

「どうして？　僕が愛したのは？　僕が欲しかったのは？」

だめだ。わからない。思い出せない。……そうだ、自分で思い出せないなら、教えてもらえばいい。

「君が欲しいモノは何？」

僕は、白くてほっそりとした手を取り、微笑んでみせる。ねえ、教えて。君なら、教えてくれるよね？

「何でも買ってあげよう。どんなに高価なモノでも、どんなに希少なモノでも、必ず僕が買ってあげる」

だから、教えてよ。君が欲しいモノ。僕が欲しいモノ。この世には、金で買えないモノなんて無い。それはつまり、僕が手に入れられないモノなど無い、という事。

「言ってごらん？　さあ！」

僕は、君が紡ぎ出すであろう言葉を、じっと待った。何でも買ってあげるから、僕に教えて。僕が欲しいモノを教えて。僕が誰を愛しているのか教えて。僕の心にぽっかり空いた穴を……穴？　穴なんて空いていたっけ？

ああ、そうだった。さっき、ランプの魔神が魔法をかけてくれたんだ。てっきり、それが穴を埋める魔法だと思っていた。でも、違った。

心の中に空いた穴は、塞がったのではなかった。ぽっかりと空いた穴ごと心が崩れてしまっただけだった。

笑いが弾《はじ》けた。

「僕は、何もかも手に入れた！　全部、僕のモノだ！」

腹の底から、笑いが膨れ上がってくる。僕は姫を、姉さんを、誰なのかわからない女を、力任せに押し倒した。泣きじゃくる女を無茶苦茶にした。何もかも、壊れてしまえばいい。全部、全部、壊シテ、ソレカラ……。

ソレカラ？　ドウシタンダロウ？　僕ハ？

アア、誰カガ、呼ンデイル。

ダレ？

ナンダ……。ソウイウ事カ。ワカッタ。

僕ハ、魔法ノらんぷニ、手ヲ伸バシタ。

僕ハ、眠ッタ。

僕ハ、夢モ見ズニ、眠ッタ。

僕ハ、らんぷニ吸イ込マレテ、眠ッタ。

目覚メタラ、コウ言ウンダ。

「私はランプの魔神。ご主人様、お言いつけを。如何なる命にも従いましょう」

かぐや姫

むかしむかしあるところに、竹取の翁《おきな》と呼ばれるお爺《じい》さんがいました。お爺さんは竹を使って様々な道具を作り出す名人で、決して裕福ではありませんでしたが、人々に大変尊敬されていました。

ある日、いつものように竹を取りに出かけたお爺さんは、竹林の中で不思議な光を見ました。よくよく見てみると、とりわけ立派な竹の根元が光り輝いているのでした。

その竹を鉈《なた》で切ってみるなり、お爺さんは驚いて腰を抜かしました。竹の中に、お爺さんの手のひらに乗るほど、小さな小さな赤子がいたからです。

お爺さんはその子を家に連れて帰りました。可愛らしい女の赤子を見て、お婆《ばあ》さんも大喜び。子供のいなかった二人は、その赤子を我が子として育てる事にしました。

赤子を育てるようになってからというもの、不思議な事に、お爺さんは幾度《いくど》となく光る竹を見つけるようになりました。それを切ってみると、中には砂金《さきん》がぎっしりと詰まっているのです。お爺さんはたちまちお金持ちになりました。

小さかった赤子は、お爺さんとお婆さんに大切にされ、すくすくと育っていきました。これまた不思議な事なのですが、赤子はわずか三月《みつき》で妙齢《みょうれい》の娘へと成長し、光り輝くほど美しい姫、かぐや姫と呼ばれるようになりました。

かぐや姫の輝くような美しさは、家の中を隅々まで照らし、夜になれば外にまでその光が漏れ出るほどでした。そんな案配《あんばい》でしたから、かぐや姫の美しさはたちまち評判になりました。

毎晩毎晩、かぐや姫に求婚する男達が現れました。けれども、その中に、姫が望む相手はいませんでした。

かぐや姫は待ち続けました。やがて、何十人もの求婚者が現れましたが、やはり姫の望む相手はいませんでした。

心配するお爺さんとお婆さんに、かぐや姫は言いました。

「私はただ、強い殿方《とのがた》と添《そ》い遂《と》げたいだけなのです」

かぐや姫は待ち続けました。何百人もの求婚者が現れましたが、それでも姫の望む相手はいませんでした。

高望みをしてはいけないと窘《たしな》めるお爺さんとお婆さんに、かぐや姫は言いました。

「こんな私を叱って、お仕置きをして欲しいのです。強い強い殿方に」

かぐや姫は待ち続けました。そして、ついに名高い五人の貴公子、石作皇子《いしづくりのみこ》と車持皇子《くらもちのみこ》、右大臣阿倍御主人《あべのみうし》、大納言大伴御行《おおとものみゆき》、中納言石上麻呂《いそのかみのまろ》が求婚者として名乗りを上げたのです……。

＊

月を見上げて、私は小さくため息を吐きました。今宵《こよい》は、求婚者の一人、石作皇子がいらっしゃるのです。

なぜ、憂鬱《ゆううつ》な顔をしているのか、ですって？　憂鬱にもなりますわ。これまでにも、数多《あまた》の殿方が私に求婚なさいました。けれども、誰一人……ええ、誰一人、生きてお帰りにはならなかった。

お爺さんにもお婆さんにも、それはそれは心配させてしまいました。当然ですわね。屋敷を訪れた求婚者は一人残らず、冷たい躯《むくろ》となって帰って行くのですもの。ですから、私は申し上げたのです。

「私はただ、強い殿方と添い遂げたいだけなのです」

本当に、私の望みは本当にそれだけ。ああ！　私を抱いても死なない殿方に、巡り会えたら！

石作皇子は、とても強くて、とても貴《とうと》い身分の御方《おかた》とお聞きしました。そんな方を死なせてしまうのは忍びなくて、私、少しばかり知恵をお貸しいたしましたの。

「お目にかかる際には、『仏《ほとけ》の御石《みいし》の鉢《はち》』をお持ちくださいませ。決して、それ無しにいらっしゃってはなりません」

石作皇子に使いを出して、私の言葉を一言一句違《たが》えずに伝えさせました。使いの者は、承諾したとの文《ふみ》を託されて戻って参りました。果たして、あの御方は約束を守ってくださるでしょうか？

私のためだけではなく、あの御方のためにも、『仏の御石の鉢』は必要なモノなのです……。

石作皇子は、とても誠実な殿方でした。約束どおり、『仏の御石の鉢』を携《たずさ》えてらっしゃいました。

「嬉《うれ》しい！　早く、こちらにいらしてくださいな！」

今度こそ、望みが叶《かな》うやもしれません。私は喜んで、石作皇子を閨《ねや》へ迎えました。

「ああ！　このときをどれほど待ち焦がれた事でしょう！　どうか私に女の歓《よろこ》びを教えてくださいませ。貴方様の逞《たくま》しい腕で私を……！」

期待と歓喜とで、全身が熱くなるのを感じました。なのに。

気がつけば、石作皇子は冷たい躯となっていました。全身を守る力のある『仏の御石の鉢』を頭に被っていたというのに。

そうなのです。『仏の御石の鉢』とは兜《かぶと》の一種で、魔力を秘めた防具。それを被っていれば、全身を守ってくれるらしいのです。

けれども、私の牙と爪はその程度の守りなどものともせず、石作皇子の体を易々《やすやす》と引き裂いてしまったのでした。『仏の御石の鉢』は真っ二つに割れ、代わりに私は身を守る魔力を手に入れました。

「こんな力、要《い》りません。私はただ、強い殿方を求めていただけですのに……」

石作皇子の躯を前に、私は大粒の涙を零《こぼ》しました。

＊

石作皇子がお亡くなりになって数日が経《た》ちました。今宵は、求婚者の一人、車持皇子がいらっしゃるのです。

車持皇子も石作皇子に勝るとも劣らぬほど強く、貴い身分の殿方と伺っております。そんな御方を死なせたくはありませんから、私は今回も知恵をお貸ししました。

「お目にかかる際には、『蓬萊《ほうらい》の玉の枝』をお持ちくださいませ。決して、それ無しにいらっしゃってはなりません」

車持皇子もまた、誠実な殿方でした。約束どおり、『蓬萊の玉の枝』を携えてらっしゃいました。

金と銀の枝に真珠の実をつけた『蓬萊の玉の枝』は、武器の一種だとか。一振りすれば、金の枝に生った実からは炎が、銀の枝に生った実からは雷が迸《ほとばし》るという、不思議な力を秘めた杖なのです。石作皇子のときは、私の攻撃をしのぐための防具があればと思いましたが、それだけでは不足でした。

攻撃は最大の防御と聞いた事があります。ただ、今の私は全身を守る力を持っているため、当たり前の攻撃は効かないかもしれません。けれど、『蓬萊の玉の枝』の不思議な力であれば、私をねじ伏せる事ができるのではないでしょうか。

「嬉しい！　早く、こちらにいらしてくださいな！」

今度こそ、望みが叶うやもしれません。私は喜んで、車持皇子を閨へ迎えました。

「ああ！　このときをどれほど待ち焦がれた事でしょう！　どうか私に女の歓びを教えてくださいませ。貴方様の逞しい腕で私を……！」

期待と歓喜とで、全身が熱くなるのを感じました。なのに。

気がつけば、車持皇子は冷たい躯となっていました。どうやら、私は杖から放たれた炎と雷を跳ね返してしまったらしいのです。雷に打たれ、炎に焼かれて、車持皇子は黒こげになって死んでしまったのでした。

金色と銀色に輝いていた『蓬莱の玉の枝』は光を失い、代わりに私は炎と雷の力を手に入れました。

「こんな力、要りません。私はただ、強い殿方を求めていただけですのに……」

車持皇子の躯を前に、私は大粒の涙を零しました。

＊

車持皇子がお亡くなりになって、数日が経ちました。今度は、右大臣阿倍御主人がいらっしゃる事になりました。

身の守りを高める力も、私の爪と牙の前には無力でした。炎と雷の力でも、私をねじ伏せる事はできませんでした。

私はまたも闇の中で我を忘れて、右大臣阿倍御主人を引き裂いてしまうのでしょうか。いいえ、そんな酷《ひど》い事をしたくない。結ばれる事もなく、女の歓びを知る事もなく、殿方を死なせてしまうなんて！

そこで、私は一計《いっけい》を案じました。右大臣阿倍御主人の許へ使いを出したのです。

「お目にかかる際には、『火鼠《ひねずみ》の裘《かわごろも》』をお持ちくださいませ。決して、それ無しにいらっしゃってはなりません」

使いの者は、右大臣阿倍御主人から承諾の返事をいただいて戻って参りました。

炎と雷の力を手に入れてしまった私が閨で我を失えば、右大臣阿倍御主人を焼き殺してしまうかもしれません。ですが、『火鼠の裘』は、魔法から身を守る防具。強い魔力を秘めた鎧《よろい》なのです。裘は分厚く頑丈ですから、爪と牙の攻撃も防いでくれるでしょう。

右大臣阿倍御主人は約束を違えず、『火鼠の裘』に身を包んで現れました。

「嬉しい！　早く、こちらにいらしてくださいな！」

今度こそ、望みが叶うやもしれません。私は喜んで、右大臣阿倍御主人を閨へ迎えました。

「ああ！　このときをどれほど待ち焦がれた事でしょう！　どうか私に女の歓びを教えてくださいませ。貴方様の逞しい腕で私を……！」

期待と歓喜とで、全身が熱くなるのを感じました。なのに。

気がつけば、右大臣阿倍御主人は、やはり冷たい躯となっていたのでした。『火鼠の裘』は確かに炎と雷の魔法を防いでくれました。頑丈な裘は爪と牙でも引き裂く事はできませんでした。けれども、何ということでしょう！　私は『火鼠の裘』ごと右大臣阿倍御主人を捻《ひね》り潰《つぶ》してしまったのです。血と脂で汚れた裘は魔力を失い、綻《ほころ》びて塵《ちり》となり、代わりに私は魔法を防ぐ力を手に入れました。

「こんな力、要りません。私はただ、強い殿方を求めていただけですのに……」

右大臣阿倍御主人の躯を前に、私は大粒の涙を零しました。

＊

右大臣阿倍御主人がお亡くなりになって、数日が経ちました。あれほど知恵を絞ったというのに、もう三人もの貴公子が亡くなってしまいました。

やはり天から降りてきた私が、地上の殿方と結ばれたいと願うのは、過ぎたる望みなのでしょうか。人ならぬ力のせいで、女としての歓びを知らずに終わるのでしょうか。

ああ、呪わしいこの力！　いっそ私のほうが殺されてしまいたいとさえ思うのです。けれども、それすら叶わぬ願いなのでした。

まだ赤子だったあの日、中に私がいるとも知らずに、お爺さんは鉈で竹を真っ二つに切りました。竹もろとも真っ二つに切られて血まみれになった私を見て、お爺さんは驚いて腰を抜かしました。みるみる傷口が塞がっていくのを見て、お爺さんは私が人間ではないと悟りました。そのまま捨て置いて逃げ出したとて、誰が責めましょう？　誰が恨みましょう？

なのに、お爺さんは私を家へ連れ帰ってくれました。お爺さんから事情を聞いたお婆さんは、すべてを承知の上で私を我が子として育てると言ってくれました。その言葉どおり、二人は私を慈しんで育ててくれました。

ですから、数多の殿方に求婚されるまで、私は自分が人ではない事を忘れかけていたのです。首を落とされたとて死ねない事も、何もかも。

この力さえ無ければ……。そこまで考えた私は、ある秘策を思いつきました。そして、大納言大伴御行に使いをやりました。

「お目にかかる際には、『龍《りゅう》の首の珠《たま》』をお持ちくださいませ。決して、それ無しにいらっしゃってはなりません」

大納言大伴御行もやはり、誠実な殿方でした。約束どおり、『龍の首の珠』を携えて現れたのです。

「嬉しい！　早くこちらにいらしてくださいな」

今度こそ、望みが叶うやもしれません。私は喜んで、大納言大伴御行を閨へ迎え入れました。すぐに彼は『龍の首の珠』を私の胸に押しつけました。たちまち私の魔力は珠に吸い取られ、封印されました。爪も牙も何もかも、力を失いました。そうです。『龍の首の珠』は、あらゆる力を封印するという魔具なのです。

今度こそ！　今度こそ、願いが叶うのです！　たとえ我を忘れても、もう私が殿方を殺してしまう事はないでしょう。

「ああ！　このときをどれほど待ち焦がれた事でしょう！　どうか私に女の歓びを教えてくださいませ。貴方様の逞しい腕で私を……！」

強い力で押し倒されて、私は失神しそうになりました。これほどの幸せを味わえる日が来るなんて！　もっと強く私をねじ伏せてくださいな。もっと私を滅茶苦茶《めちゃくちゃ》にしてくださいな。もっと……ああ、なんて素敵！　もう死んでしまいそう。

私は我を忘れて、声を上げ続けました。なのに。

気がつくと、大納言大伴御行の姿はありませんでした。ええ、彼は私の中にいました。文字通りの意味で。どうやら私は彼を食べてしまったらしいのです。

たとえ魔力や爪や牙が封印されても、私の臓腑《ぞうふ》はそのままでした。私が我を忘れた途端に、私の臓腑は食欲のままに相手を呑《の》み込み、消化してしまったのでした。『龍の首の珠』も共に消化され、私は封印の力を手に入れました。

「こんな力、要りません。私はただ、強い殿方を求めていただけですのに……」

溶けて消えてしまった大納言大伴御行を思い、私はただただ涙を零しました。

＊

大納言大伴御行がお亡くなりになって間もなく、帝《みかど》の使いがやって来ました。高貴な身分でもない私です。何かの間違いではないかと思ったのですが、帝の使いは確かに「竹取の翁が娘、かぐや姫」とおっしゃいました。

どうやら、私が強い魔法の力を手に入れたという噂《うわさ》が、帝の耳に入ったらしいのです。人には持ち得ぬ強大な魔力ならば、この国の守りのために役立てよ、とのご命令でした。

もちろん、私はお断りしました。だって、私はただの女ですもの。強い殿方と添い遂げて、幸せになる事。それ以外、考えたくないのです。まして、この国を守るだなんて。そんな恐ろしい事ができましょうか？

けれど、結局のところ、強い武器があっても、防具があっても、魔具があっても、我を失った私を止められませんでした。所詮、私は人ならぬ身なのです。人としての幸せなど、望んではならぬのでしょう……。

帝の使いと入れ違いに、中納言石上麻呂の文が届きました。そうでした。五人の貴公子の最後の一人と、お会いする約束をしていたのです。けれど、私はもう殿方を殺《あや》めたくはありません。このお話は無かった事に、とお答えしようとした刹那《せつな》、ある考えが閃《ひらめ》きました。私は急いで中納言石上麻呂に使いをやりました。

「お目にかかる際には、『燕《つばめ》の産んだ子安貝』をお持ちくださいませ。決して、それ無しにいらっしゃってはなりません」

無理難題を吹っかける嫌な女と誤解されたかもしれません。『燕の産んだ子安貝』は、この世に存在するかどうかも定かではない幻の品ですから。それでも、私は一縷《いちる》の望みを託していたのです。

中納言石上麻呂は、誠実なだけでなく、意志の強い殿方でした。金に糸目を付けず、手を尽くし、大勢の家来を使い、とうとう幻の品とされている『燕の産んだ子安貝』を見つけ出したのでした。

「嬉しい！　早くこちらにいらしてくださいな」

中納言石上麻呂は、『燕の産んだ子安貝』を高く掲《かか》げました。それは、魔の世界から世にも恐ろしい化け物を呼び出す道具でした。人ならぬ私の力を防ぐ事もできず、封印する事もできないのなら、同じ人ならぬモノの力で私をねじ伏せてもらえばいいのです。

不意に、辺りの景色が歪《ゆが》み始めました。『燕の産んだ子安貝』が周囲を歪ませているようなのです。あまりに禍々《まがまが》しい気配が立ちこめたためか、中納言石上麻呂は、悲鳴を上げて、『燕の産んだ子安貝』を放り出しました。それでも、禍々しい気配は止みません。

やがて、放り出された『燕の産んだ子安貝』は何かを吐き出し始めました。世にも恐ろしい化け物が呼び出されたのです。

最初は赤子ほどの大きさだった化け物は、みるみる大人ほどの大きさになり、大人数人分の大きさとなり、屋敷の屋根や壁を吹き飛ばすほどの大きさとなり、見上げんばかりの巨体となりました。

これこそが私の秘策でした。恐ろしい化け物と戦って、力を使い果たしてしまえばいいのです。化け物に抑えつけられ、動けなくされてしまえばいいのです。そうすれば、我を忘れたとしても、殿方を殺してしまう事もないでしょう。

さっそく私は、化け物に戦いを挑みました。期待していたとおり、途轍《とてつ》もなく強い化け物です。身を守る力を使っても、魔法を防ぐ力を使っても、私の身体は傷つき、血が流れました。炎と雷の力を使っても、化け物は少しも怯《ひる》みませんでした。封印の魔力を使っても、化け物はいっそう猛《たけ》り狂うばかりでした。

私は一生懸命、戦いました。これなら、すべての力を使い果たせるはずです。屋敷が雷でずたずたに壊れても、屋敷の周囲が火の海になっても、戦いました。あと少しで、私は無害な存在になれるはずです。なのに。

あろう事か、私は化け物を倒してしまったのです。見れば、中納言石上麻呂も化け物に踏み潰されたらしく、ぐちゃぐちゃになって死んでいました。

踏み潰されたのは、中納言石上麻呂だけではありません。お爺さんとお婆さんも、他の人々も、周囲の家々も、跡形もなく破壊され、燃えていました。化け物が暴れ回っただけでなく、私の放った雷と炎の魔法のせいでもありました。

炎は容赦なく燃え広がり、都を呑み込もうとしています。ふと振り返れば、帝の使わした兵達が私に矢を放っていました。何百、何千という数の兵が、雨のように矢を降らせてきます。化け物になった私を殺せと、帝が命じたのでしょう。或《あ》いは、申し出をお断りした時点で、帝は私を殺すおつもりだったのかもしれません。どうせ命令に従わぬのなら、生かしておく必要はない、むしろ生かしておいては危険だ、と。

けれども、弓矢などで私を殺す事はできません。何千本もの矢が当たっても、虫に刺されたほどの痛みすら感じないのです。私は途方に暮れて、化け物の死骸《しがい》を見下ろしました。

そうです。巨大な化け物を倒した私は、その力を手に入れてしまったのです。私自身が、世にも恐ろしい力を持つ、巨大な化け物になってしまったのです。

「こんな力、要りません！」

声を限りに私は叫びました。大地に亀裂が走り、大勢の兵達が呑み込まれていきます。ええ、どんな力も欲しくない。私が欲しかったモノは……。

「私ハただ、強イ殿方を求メテいたダケ…デスノニ……」

炎上する帝都を見つめ、私はこれまでにないほど大粒の涙を零しました。音を立てて零れ落ちた涙が、崩れた建物を粉砕し、押し流していきました。

黒ノ寓話

SINoALICE

くるみ割り人形

むかしむかしあるところに、小さな王国がありました。小さくとも、お金がどっさりある王国でした。

王様は、少しずるいところがある方でしたが、普通の王様でした。お妃《きさき》様も、少し怒りっぽい方でしたが、普通のお妃様でした。ところが、お二人の間に生まれた王子は、王様にもお妃様にも全く似ていませんでした。

王子は、とても不細工でした。見た目が悪いだけでなく、思いやりのかけらもない、ネジ曲がった心の持ち主でした。

王子は、城の召使いたちに難癖を付けては罰を与え、濡《ぬ》れ衣を着せては首をはねました。けれども、王様もお妃様も、王子の非道な行いに気づいていませんでした。王国にはお金だけはどっさりありましたから、召使いが減っても、気にも留めなかったのです。新しい召使いを雇えばいいだけの話ですからね。

また、城の外に住まう人々も、王子の非道な行いに気づいていませんでした。王国にはお金だけはどっさりありましたから、人々はそこそこ恵まれた暮らしをしていました。だから、城の中で何が行われていようが、どうでもよかったのです。

王子は面白半分に、召使いたちを殺し続けました。誰もが王子を呪いながら死んでいきました。いつしか、城の中には、殺された召使いたちの恨みつらみが積もり積もっていきました。

そうして、王子はとうとう百人の召使いを殺してしまいました。もちろん、王子は殺した召使いの人数など数えていません。ただ、殺された召使いたちの恨みつらみは、きっちり百人分、王子に降りかかりました。

そうです。百人目の召使いを殺した翌朝、強力な呪いが王子を襲いました。それは、醜くて、みっともない、くるみ割り人形になってしまうという呪いだったのです……。

*

鏡に映った己の姿を目にしたワガハイは絶望した。

本来、鏡に映っているのは、この上もなく愛らしい顔立ちの、かつ高貴な生まれにふさわしい威厳に満ちた表情の貴公子であったはず。それが何故《なにゆえ》、不細工な顔の頭でっかち、寸胴《ずんどう》短足のちんちくりんになってしまったのか⁉

おまけに、この大きさ。せいぜいネズミ程度の背丈ではないか！　なぜ、ボクちゃん……もとい、ワガハイがこのような理不尽な目に遭わねばならぬのだ？

わからん。ワガハイの明晰《めいせき》なる頭脳を以《もっ》てしても、さっぱりわからん。かくなる上は、パパ……もとい、父上に何とかしてもらうしかなかろう。

おーい、と召使いを呼んでみる。が、返事はない。誰もいないわけではない。ワガハイの部屋には、常時数人の召使いが控えている。

おいこら返事くらいしろ、と怒鳴ってみる。が、やはり答えはない。もしかして、体が小さくなったせいで、声まで小さくなってしまったのだろうか。

「ねえ、何か聞こえなかった？」

「さあ？　空耳じゃないの？」

「そうね、気のせいよね」

衣装係の召使いたちは、楽しげに笑いながら、部屋を出て行ってしまった。もっと大きな声を出せば、バカでノロマでグズな召使いたちにも聞こえるだろうか？

おまえら全員、死刑だ、と声が嗄《か》れるまで叫んでみる。

「ん？　何か言ったか？」

「いや。俺は何も」

「じゃあ、気のせいだな」

清掃係の召使いたちも、どこか嬉《うれ》しそうな様子で、部屋を出て行ってしまった。


仕方がないので、ワガハイは自力で父上のもとへ向かうことにした。とにかく、早く何とかしてもらわねば。

情けないほど短くなった脚をせっせと動かして歩く。しかし、歩けども歩けども、ちっぽけな人形サイズでは、一向に捗《はかど》らぬ。今のワガハイにとって、階段をひとつ上るのも、城壁を上るようなもの。

やっとの思いで数段上ったが、そこで動けなくなってしまった。高貴な生まれのワガハイは、自分の足で歩くなど滅多にない。普段、使わない手足を酷使したものだから、筋肉痛になってしまったのだ。

ワガハイは、痛む手足をさすりながら、しばし休息をとることにした。

と、いきなり体が吹っ飛んだ。見回りの兵士に蹴っ飛ばされたらしい。王子たるワガハイを足蹴にするとは！

無礼者、と怒鳴ろうとしたが、ワガハイの口から飛び出したのは、ぐえっという声だった。今度は踏んづけられてしまったのだ。おまけに、顔の真ん中で、ぐきりという嫌な音がした。

ギャアアアア！　鼻が……鼻がぁぁぁぁっ！　ワガハイの鼻が折れてしまった！

「おい、今、何か聞こえなかったか？」

「そうだなぁ。ヒキガエルでも踏んだんじゃないのか？」

「ああ、ヒキガエルだったか」

「そうとも。ヒキガエルだ」

「なら、しょうがないな」

ヒキガエルが聞いたら激怒しそうな会話を交わしつつ、見張りの兵士どもが歩き回る。今のワガハイにとって、兵士どものボロ靴でさえ、巨大な岩が飛び交っているようなもの。

必死で逃げ回っていたのだが、背後から近づく靴に気づくのが遅れた。

声にならない悲鳴をあげて、ワガハイは階段を転がり落ちた。……こいつら、もしかして、ワザとやってないか？

強《したた》かにぶつけた尻をさすりながら、ワガハイはママの……もとい、母上の部屋へと向かった。母上に事情を話して、父上のもとへ連れていってもらえばいいのだ。

玉座の間と違って、王妃の私室周辺を見回る兵士は少ない。というよりも、兵士どもは近づきたがらない。何しろ、機嫌が悪いときの母上ときたら、悪魔も裸足で逃げ出すほどの恐ろしさなのである。

だが、そのおかげで、兵士どもに踏んづけられることもなく、安全に歩き回れるというもの。もうボロ靴の底は真っ平《ぴら》だからな。

と、思ったのだが。

「あら？　何かしら？」

母上付きの小間使いだった。見るからに頭が悪そうな小娘である。不吉な予感がする……。

「いやあねえ。ゴミが落ちてるわ」

いきなり、体が宙に浮いた。バカでノロマでグズな小間使いが、ワガハイを手荒に引っ摑《つか》みおったのだ。

「お掃除、お掃除っと」

力いっぱい投げられて、背中一面に衝撃がきた。放り込まれた先はゴミ箱だった。おまけに、小間使いはゴミ箱の中身を窓の外へとぶちまけた。

うわあああああああっ！

木の人形であったことをワガハイは初めて感謝した。人間だったら、間違いなく墜落死していた。が、軽い木であったことが幸いし、ワガハイの体は風に飛ばされ、池の中へと落っこちた。

ずぶ濡れになってしまったが、命あっての物種《ものだね》だ。……ぶえっっっくしょんっ！

池から這《は》い上がったワガハイは、親友のクララを訪ねることにした。窮地の際に頼るべきは、やはり友であろう。

クララは兵士長の娘で、高貴なるワガハイの友にふさわしい、賢く強く美しい娘なのである。

それに、クララの父親は下っ端の兵隊で、飲んだくれのしょうもない男だったのだが、ワガハイの口利きで今の地位を得たのである。美しく愛らしいクララに泣いてすがられ、あーんなコトこーんなコトを……ぐふふ。

いや、まあ、なんだ。ワガハイの窮地は、クララにとって恩返しの好機なのだ。クララは全力を挙げてワガハイを助ける義務があるというもの。

と、思ったのだが。

くさっ！　酒くさっ！　あのクソおやじ、兵士長に取り立ててやったのに、また飲んだくれて……って、えええええ⁉　クララ⁉

「んー？　だーれか、よんだぁ？」

クララが！　賢く強く美しい娘のクララが、瓶に直接口を付けて酒をがぶ飲みしている！

「あっれぇ？　クッソ汚い人形が、しゃべってるんですけどぉ？　あたし、飲み過ぎちゃったぁ？　きゃははは！」

クララ！　ワガハイだ！　親友で大恩人の王子だ！

「王子ぃ？　あー、あのバカ王子？」

お、おい。クララ。今、何と？　ワガハイの聞き違いであろうな？

「えー？　このクッソ汚い人形がバカ王子？　マジうけるー」

酒をラッパ飲みしながら、クララが笑い転げている。

「って、バカ王子が、こんなとこにいるハズないよねぇ。デブすぎて、まともに歩けないじゃんよ。バカでデブでノロマで、くっそダサくてさぁ」

王子たるワガハイに向かって、何たる暴言！　これまでの恩も忘れて……。

「はぁ？　恩？　ちょいと色目使ったら、鼻の下デレッデレに伸ばしやがってさぁ。ガキのくせに、色ボケしてんじゃねーよ」

ゆ、許せん！　あの飲んだくれ親父ともども、死刑にしてやる！

「きゃははは！　人形が何言ってんですかぁ？　棒っきれのくせにさぁ」

クララは矢庭《やにわ》に立ち上がると、暖炉の火掻《ひか》き棒を摑んだ。

「ほーらほら！　焚《た》き付けにしてやろうか？　クッソ生意気な口が利けないようにさぁ。ねえ、棒っきれのクソ王子？」

酔っぱらいの戯《ざ》れ言《ごと》かと思いきや、クララの目は本気だった。まずい。この女、イカレてやがる。

ワガハイは、這々《ほうほう》の体《てい》で逃げ出した……。

おかしい。王子たるワガハイがこのような理不尽な目に遭うなど、どう考えても間違っている。

これはもしや、悪しき魔術、呪術の類《たぐい》ではないだろうか。

ワガハイは、急ぎ地下室へと向かった。この城の魔法使い、ドロッセルマイヤーの居室である。

魔術、呪術であるならば、その道の専門家に相談するのが筋というものであろう。

「これは……王子⁉　何故、そのようなお姿に⁉」

人形の姿となっても、ドロッセルマイヤーには一目でワガハイと理解できたらしい。さすがは魔法使い、話が早い。ワガハイは手短に事の次第を打ち明けた。

「なるほど。ご安心召されよ。このドロッセルマイヤーが呪いを解いてしんぜよう」

ああ、助かった。これで、元に戻れる。ん？　なんで、ワガハイを柱に縛り付ける？

「これは、解呪の儀式ゆえ」

そうか。儀式か。って、なんでノミにノコギリにカナヅチなんて用意してるワケ？　それ、必要？

「無論、必要ですとも」

けど、暖炉の火に突っ込んでるのって……焼き鏝《ごて》？　めっちゃ熱くなってるみたいなんですけど？　儀式っていうより、拷問って感じなんですけど？

「左様。まさしく、拷問ですからな」

えええええ⁉　今、拷問って言ったよね？　言ったよね？

「貴方様《あなた》が殺した八十三人目の召使い、あれは私の娘でしてな。いや、貴方様にとっては召使いなど、虫けら以下。お忘れになっておいででしょうな……」

八十三人目？　忘れるも何も、最初から覚えてないんですけど？

「かけがえのない愛娘《まなむすめ》を亡くし、もはや生きる甲斐《かい》もなしと思うておりましたが、まさか、これほど早く復讐《ふくしゅう》の好機が訪れようとは！」

ドロッセルマイヤーは笑みを浮かべると、暖炉に突っ込んだ焼き鏝へと手を伸ばした。

やばい！　こいつマジやばい！　殺される！

「殺す？　いやいや。楽に死なせてやるつもりはない」

ひぃいいい！　お、お助けぇぇぇ！

「焼き鏝で黒こげにして、カナヅチで叩《たた》き壊して、ノコギリでバラバラに切り刻んで……ふふふ。ふはははは！」

ワガハイは、渾身《こんしん》の力で拘束を解いた。手だか脚だかがイヤな音をたてたが、構っている場合ではない。ドロッセルマイヤーの足下を掻いくぐり、走る。

「逃がすか！」

ドロッセルマイヤーが入り口に先回りし、閂《かんぬき》をおろした。ここは地下室、窓はない。外へ通じているのは、入り口の扉だけ。

「さあ、楽しませてもらおうか」

焼き鏝だのノミだのを手に、ドロッセルマイヤーが迫ってくる。ワガハイ、万事休す！

いや、待て。ひとつだけ、方法がある。人間の姿でなくなったからこそ使える脱出口が。

「おい！　待て！　そこは……！」

ワガハイは身を翻《ひるがえ》し、トイレへと駆け込んだ。そして、ためらうことなく、便器の中へと！

すさまじい臭気が全身を包む。だが、人の身であるドロッセルマイヤーには追跡不可能である。

怒声と罵声とが遠ざかっていく。このまま糞尿《ふんにょう》とともに流されていけば、城の外へ出られる。ワガハイの勝ちだ。

「はーっはっは！　ざまあみろ！　やーいやーい！　ここまでおいで、クソじじい！　ボクちゃん、悪くないもん！　オマエなんか、パパに言いつけて死刑にしてやるもん！」

みんな、みんな、死刑だ。ミナゴロシだ！　兵士どもも、小間使いも、飲んだくれのクララも！

「必ず復讐してやるからな、クソどもめ！」

他ならぬクソにまみれながら、ワガハイは下水道の暗がりへと飲み込まれていった。

SINoALICE

黒ノ寓話

三匹の子豚

むかしむかしあるところに、三匹の子豚がいました。三匹とも、明るく素直で可愛らしく、そして、甘えん坊の子豚達でした。

母さん豚は、厳しくて、口うるさい豚でした。いつも子豚達をガミガミと叱り飛ばしています。けれど、母さん豚は母さん豚なりに子豚達の行く末を心配していました。

「全く、うちの子豚達ときたら。寝坊助で、だらしなくて、怠《なま》け者。これじゃ、ろくな豚になれやしない。いったい、どうしたものでしょう?」

けれども、三匹の子豚達は呑気《のんき》なもの。一番上の子豚はベッドでごろごろ、真ん中の子豚は毎日同じ服のまま、末っ子の子豚は遊んでばかり。

「お腹がすいた。母さん、母さん、今日のご飯はまだ?」

母さん豚は、ベッドに寝転んでいる一番上の子豚をぴしゃりと叩き、ご飯を食べさせませんでした。

「お腹がすいた。母さん、母さん、今日のご飯はまだ?」

母さん豚は、着替えもしない真ん中の子豚をぴしゃりと叩き、ご飯を食べさせませんでした。

「お腹がすいた。母さん、母さん、今日のご飯はまだ?」

母さん豚は、人形やオモチャを散らかしている末っ子の子豚をぴしゃりと叩き、ご飯を食べさせませんでした。

それでも、三匹の子豚達は呑気なもの。母さん豚は、とうとう叫びました。

「出てお行き！　もう二度と、お前達のご飯は作りません！」

母さん豚は、三匹を家の外へ押し出して、ばたんとドアを閉め、閂《かんぬき》を下ろしました。

「イヤだよぅ！　お家に居《い》たいよぅ！」

「お腹がすいたよぅ！　お腹がすいたよぅ！」

「母さん、ご飯作ってよぅ！」

三匹の子豚は、家の前で泣きました。大声で泣きました。声が嗄《か》れるまで泣きました。それでも、母さん豚は家に入れてくれませんでした。

「仕方がないね。わたしたちの家を建てて、わたしたちだけでご飯を作って、わたしたちだけで暮らそう」

でも、三匹の子豚は揃いも揃って、ちょっぴりワガママ。自分だけ楽をしようとしたり、好き勝手な事をしたりするので、少しも作業が捗《はかど》りません。

「仕方がないね。自分で自分の家を建てて、自分で自分のご飯を作って、それぞれ自分だけで暮らそう」

こうして、三匹の子豚は思い思いの家を建てる事にしたのでした……。

にした。

＊

わたしたちは、三匹の子豚。いつも一緒の仲良し姉妹。だけど、今は自分だけの家を建てる事

わたしは、一番上の子豚。ケーキが好きな、痩《や》せっぽちの子豚。めんどくさい事、大キライ。美味《おい》しいモノは早く食べたい。手っ取り早く食べたい。

家だって、手っ取り早く建てたい。だから、建てるのは、藁《わら》の家。

「おじさんおじさん、小麦を育ててるおじさん。畑に干してある藁の束、少し分けてくださいな」

「おやおや、可愛い子豚じゃないか。藁なんて何に使うんだい？」

「お家を建てるの。だって、藁なら運ぶのもラクチン」

「いいよ。好きなだけ持ってお行き」

「ありがとう！」

お日さまの下で干した藁は、ふかふかに軽くて、いい匂い。たくさん担いでも、ちっとも重くない。束ねて持ち上げて重ねても、羽みたいに軽い。あっという間に家が建ったよ。お日さまの匂いのする、素敵なお家。

中に入って、ごろんと寝っ転がったら、いつまでも眠っていられそう。だけど、どうしよう。お腹がすいてきちゃった。

自分でお料理？　でも、材料がない。材料を取ってくる？　でも、めんどくさい。うーん、ど

うしよう。考えれば考えるほど、お腹がすいちゃう。そしたら、誰かがやってきた。

「こいつは何だ？　藁の家？　住んでいるのは、いったい誰だい？」

「一番上の子豚の家よ。あなた、だぁれ？」

「オレは狼《おおかみ》。大金持ちの狼さ」

「狼さんが何の用？」

「可愛い可愛い子豚ちゃん。オレの女にならないか？　そしたら、家をプレゼントしよう。みすぼらしい藁の家より百万倍もイケてる豪邸を」

藁の隙間から覗《のぞ》いてみたら、大金持ちの狼さん。全部のポケットに札束を入れて、首にはぐるぐる金ぴかチェーン。両方の腕に金ぴかの腕時計をはめて、全部の指にダイヤの指輪。あんなにたくさんのお金や宝石、初めて見たよ。

「中に入れておくれよ、子豚ちゃん」

「うん。いいよ」

わたしは、にっこり笑ってうなずいた。

「どうぞどうぞ」

金ぴかチェーンと金ぴか時計をじゃらじゃらいわせて、狼さんが入ってきた。

「いただきまーす！」

狼さんを頭からパクリ。むしゃむしゃ。

「ごちそうさまでした！」

母さんがご飯をくれなかったから、とってもお腹がすいてたの。私、イケてる豪邸よりも、食べ物が好き。狼さんのお肉、とっても美味しかったよ。

でも、まだお腹がすいてるの。どうしよう……？

＊

わたしは、真ん中の子豚。アイスクリームが好きな、太ってても痩せてもいない子豚。ほどほどの手間で、いいモノが欲しい。好きな言葉は、コスパと時短。

家だって、コスパ重視で建てたい。だから、建てるのは、板切れの家。

「おじさんおじさん、木を切ってるおじさん。そこに積んである板切れ、少し分けてくださいな」

「おやおや。可愛い子豚じゃないか。板切れなんて何に使うんだい？」

「お家を建てるの。だって、板切れなら切るのも組み立てるのも簡単。おまけに、そこそこ丈夫」

「いいよ。好きなだけ持ってお行き」

「ありがとう！」

板切れは担《かつ》いで運ぶにはちょっと重たいけど、ノコギリで簡単に切れる。金槌《かなづち》でトンテンカンテン釘《くぎ》を打つのだって、やってみたら面白い。ギコギコ切って、トンテンカンテン。その繰り返し。日暮れまでには家が建ったよ。時短建築、コスパもなかなか。森の匂いがする、素敵なお家。中に入れば、風通しがよくて快適。真夏になっても涼しく眠れそう。だけど、どうしよう。お腹がすいてきちゃった。

自分でお料理？　でも、材料がない。材料を取ってくる？　でも、もう日が暮れて、外は暗い。

うーん。どうしよう。考えれば考えるほど、お腹がすいちゃう。そしたら、誰かがやってきた。

「こいつは何だ？　板切れの家？　住んでいるのは、いったい誰だい？」

「真ん中の子豚の家よ。あなた、だぁれ？」

「オレは狼。力自慢の狼さ」

「狼さんが何の用？」

「可愛い可愛い子豚ちゃん。オレの女にならないか？　そしたら、オレが守ってやろう。力自慢のこの腕で」

扉の陰から覗いたら、筋肉ムキムキの狼さん。胸も手足も筋肉がみっしり、服なんてパツパツで破れそう。

「ちょっと退《ど》いてな、子豚ちゃん」

狼さん、大きく息を吸い込んで、「ふんっ！」と拳《こぶし》の一撃。あっという間に、お家が吹っ飛んだ。

すごぉい！　狼さんって力持ち！

「どうだい？　オレと一緒に来るかい？」

「うん。いいよ」

狼さんと一緒に森の奥へ。歩くたびに、狼さんの筋肉がぴくぴくしてる。

「いただきまーす！」

狼さんを頭からパクリ。むしゃむしゃ。

「ごちそうさまでした！」

母さんがご飯をくれなかったから、とってもお腹がすいてたの。わたし、守ってもらうより、美味しいお肉のほうが好き。狼さんの鍛《きた》えた筋肉、食べごたえがあったよ。

でも、まだお腹がすいてるの。どうしよう……？

＊

わたしは、末っ子の子豚。チョコレートが好きな、ぽっちゃり子豚。好きなモノのためなら、手間暇《てまひま》を惜しまないこだわり屋。美味しいモノは、徹底的に美味しく食べたい。カロリーなんて気にしない！

家だって、自分好みにこだわって建てたい。だから、建てるのはレンガの家。

「おじさんおじさん、レンガを焼いてるおじさん。出来立てほやほやの赤レンガ、少し分けてくださいな」

「おやおや。可愛い子豚じゃないか。レンガなんて何に使うんだい？」

「お家を建てるの。だって、レンガは赤くてキレイ」

「いいよ。好きなだけ持ってお行き」

「ありがとう！」

だけど、レンガはとっても重たい。そしたら、おじさんが荷車《にぐるま》を貸してくれた。荷車いっぱいのレンガを積んで、お花が咲いてる野原へ。建てる場所もこだわりたい。ちょっと遠いけど、頑張って運ぶ。

やっとの思いで運んだら、いよいよレンガの家造り。きちんと並べて、パテを塗って、また並べて積み上げて。重たいレンガは積むのも大変。それでも、お気に入りのお家を建てるため。並べて、積んで、並べて、積んで。不眠不休《ふみんふきゅう》で一週間。やっと建ったよ、レンガのお家。赤いレンガの素敵なお家。

中に入れば、壁も完璧、床も完璧、屋根も完璧。見ているだけで、うっとりしちゃう。だけど、どうしよう。お腹がすいてきちゃった。

自分でお料理？　でも、材料がない。材料を取ってくる？　一週間も休み無しで働いたから、もうくたくた。うーん。どうしよう。考えれば考えるほど、お腹がすいちゃう。そしたら、誰かがやってきた。

「こいつは何だ？　レンガの家？　住んでいるのは、いったい誰だい？」

「末っ子の子豚の家よ。あなた、だぁれ？」

「オレは狼。容姿端麗《ようしたんれい》、イケメン狼さ」

「狼さんが何の用？」

「可愛い可愛い子豚ちゃん。オレの女にならないか？　そしたら、一生、イケてる顔を拝んで暮らせるぜ？」

窓を細くあけて覗いたら、超イケメンの狼さん。わたし好みの狼さん。

「オレとイイ事しようぜ、子豚ちゃん」

「うん。いいよ」

わたしは、にっこり笑ってドアを開けた。

「どうぞどうぞ」

見れば見るほどカッコいい狼さん。顔も好みで、声も好み、体形も好み。ストライクゾーンど真ん中。

「いただきまーす！」

狼さんを頭からパクリ。むしゃむしゃ。

「ごちそうさまでした！」

母さんがご飯をくれなかったから、とってもお腹がすいてたの。この一週間、ろくに食べてなかったし。

イケメンは大好きだけど、わたし、食べ物のほうがもっと好き。狼さんの顔も声も体形も好みだったけど、お肉の味はフツーだったよ。

それに、まだお腹がすいてるの。どうしよう……？

＊

わたしたちは、三匹の子豚。いつもお腹をすかせた食いしん坊姉妹。

一番上はケーキが好きな痩せっぽち子豚。

「お腹がすいたよ。何か食べたい。もっと食べたい」

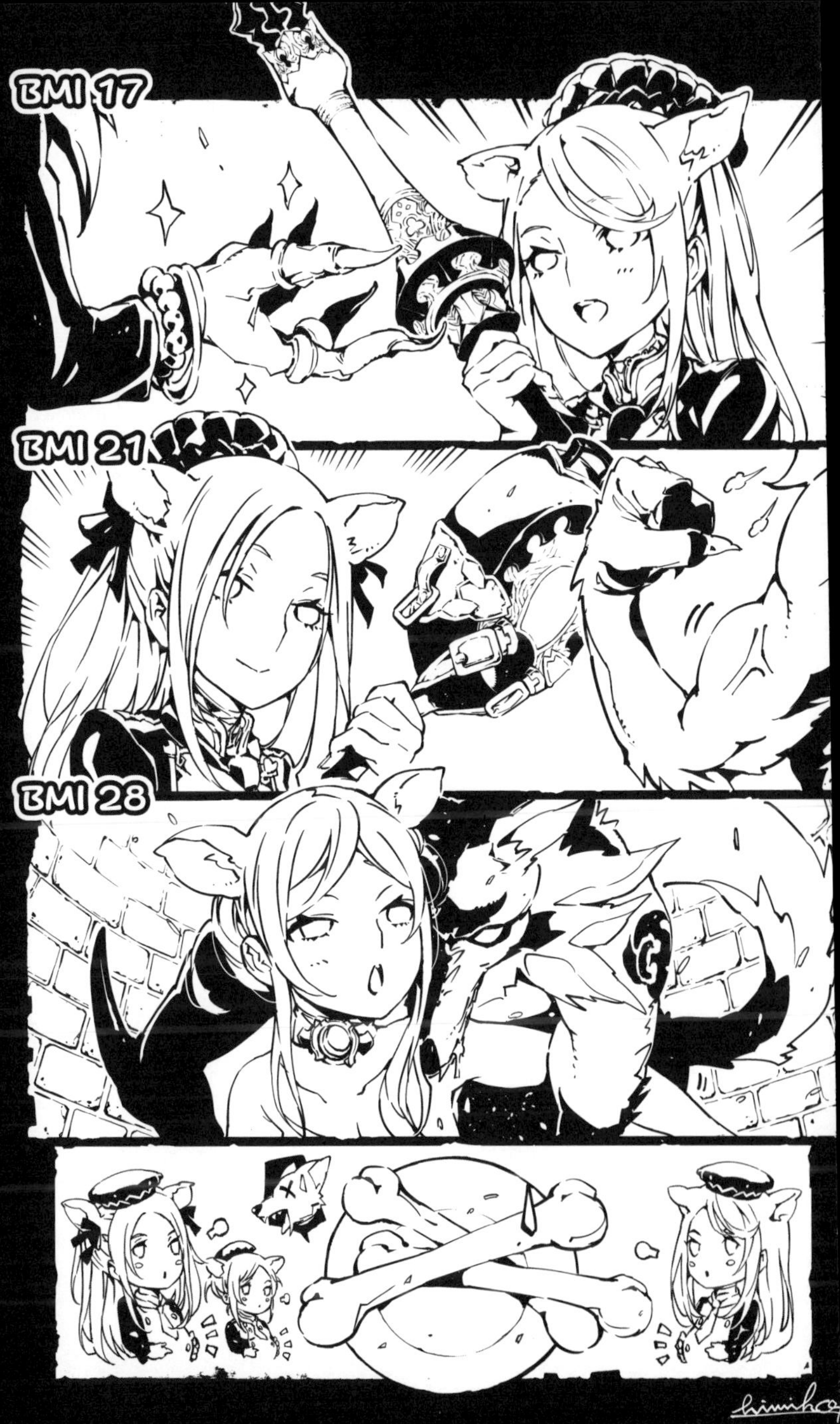
BMI 17
BMI 21
BMI 28

真ん中はアイスクリームが好きな、太っても痩せてもいない子豚。

「お腹がすいたよ。何か食べたい。もっと食べたい」

末っ子はチョコレートが好きな、ぽっちゃり子豚。

「お腹がすいたよ。何か食べたい。もっと食べたい」

だけど、何も食べ物が無い。一番上の子豚は考えた。

「そうだ。真ん中の子豚と、末っ子の子豚を食べちゃおう。狼の肉より、子豚の肉のほうが柔らかくて美味しいはず」

真ん中の子豚は考えた。

「そうだ。一番上の子豚と末っ子の子豚を食べちゃおう。狼の肉より、子豚の肉のほうが脂が乗って美味しいはず」

末っ子の子豚は考えた。

「そうだ。一番上の子豚と真ん中の子豚を食べちゃおう。狼の肉より、子豚の肉のほうが旨味《うまみ》たっぷりで美味しいはず」

さあ、早く。お腹がすいて、居ても立ってもいられない。二匹を食べに行かなくちゃ。美味しい子豚の肉で、胃袋をいっぱいにしたい。

「見ぃつけた！」

「見ぃつけた！」

「見ぃつけた！」

早く、早く、食べさせて。柔らかくて、脂《あぶら》が乗ってて、旨味たっぷりの子豚のお肉。

一番上の子豚が真ん中の子豚に噛《か》みついた。ふくふくの二の腕をがぶり。

真ん中の子豚が末っ子の子豚に噛みついた。ぽちゃぽちゃの太股をがぶり。

末っ子の子豚が一番上の子豚に噛みついた。ぷりぷりのお尻をがぶり。

「もっと食べたい！」

「もっと食べたい！」

「もっと食べたい！」

真ん中の子豚の両腕が無くなった。

末っ子の子豚の両脚が無くなった。

一番上の子豚の胴体が無くなった。

「まだ足りないよぅ。まだお腹がすいてるよぅ」

「まだ足りないよぅ。まだお腹がすいてるよぅ」

「まだ足りないよぅ。まだお腹がすいてるよぅ」

わたしたちは、三匹の子豚。どんどん食べて、どんどん無くなる。どんどん無くなって、どんどん増える。代わりの腕が、代わりの脚が、代わりの胴体が。どんどん、どんどん、大きくなる。

「ふぅ。とってもラクチン」

「ふぅ。とってもコスパ良好」

「ふぅ。とってもストライクゾーン」

わたしたちは、三匹の子豚。いつも一緒の仲良し姉妹。ひとつになって大きくなって、ぶくぶくになった仲良し姉妹。もっと早く、ひとつになれば良かったね。だって、ひとつになれば、家もベッドもひとつでいい。

だけど、やっぱり、お腹がすいてる。

「モット、食ベタイ」

「マダマダ、食ベタイ」

「イッパイ、食ベタイ」

どうしよう。お腹がすいて、我慢できない。どこかに、美味しいモノはない?

「ソウダ、母サン豚ヲ、食ベチャオウ!」

母さん豚なら、うんとお肉がついてるはず。いつもガミガミ言ってたけれど、わたしたちにご飯をくれなかったけれど、お肉はとっても美味しいはず。

「オ家ニ、帰ロウ!」

そうしようそうしよう。お家に帰ろう。お腹いっぱい、母さん豚を食べに。

いばら姫

むかしむかしあるところに、王様とお后《きさき》様がいました。お二人は長い間、お世継ぎに恵まれませんでした。

早く子供が生まれるよう、魔法使いが呼ばれました。最初の魔法使いは言いました。

「美しい子が生まれますように」

けれど、子供は生まれませんでした。また別の魔法使いが呼ばれました。二番目の魔法使いは言いました。

「優しい子が生まれますように」

やっぱり、子供は生まれませんでした。また別の魔法使いが呼ばれました。三番目の魔法使いは言いました。

「清らかな子が生まれますように」

それでも、子供は生まれませんでした。四番目の魔法使いが呼ばれ、五番目の魔法使いが呼ばれ、六番目の魔法使いが呼ばれ……とうとう十三番目の魔法使いが呼ばれても、子供は生まれなかったのです。

そんなある日、ようやくお后様がご懐妊なさいました。生まれたのは、それはそれは可愛らしい女の子でした。

王様も国の人々も大喜びです。お姫様の誕生を祝う人々が、毎日のようにお城に押しかけました。魔法使い達も、もちろん、お祝いにやってきました。たくさんの花束と、たくさんの贈り物と、たくさんの祝いの言葉と。

けれど、十三番目の魔法使いだけは、こっそりと呪いの言葉をつぶやきました。十五歳の誕生日、糸車の針に刺されて死ぬがいい、と。

お姫様は、王様とお后様に愛されて、すくすくと育ちました。蝶《ちょう》のように美しく、花のように優しく、真珠のように清らかな少女に育ちました。

そして、十五歳の誕生日になりました。お城では盛大な宴《うたげ》が催《もよお》されました。生まれたときと同じように、たくさんの花束と、たくさんの贈り物と、たくさんの祝いの言葉と。

十三番目の魔女が、再びやってきたのです。糸車の針を手に。十五年前につぶやいた、呪いの言葉を実行するために。

十三番目の魔法使いは、そっとお姫様に近づいて、すばやく針で刺しました。呪いの力に囚《とら》われて、お姫様はその場に倒れ、眠りにつきました。

ところが、それで終わりではなかったのです。十三番目の魔法使いの呪いは、とても強いものでした。

呪いの力はたちまち城全体に広がりました。王様にも、お后様にも、他の魔法使い達にも、呪いの力が忍び寄っていったのです。そして、彼らの足許《あしもと》では、無数の棘《とげ》に覆われたいばらがゆっくりと蔓《つる》を伸ばし始めていました……。

＊

眠るのは大好き。ふわふわの羽根布団にくるまれて見る夢は、どれも楽しい夢ばかり。

十三番目の魔法使いが「死ね！」と襲いかかってきたときは、とても恐ろしかったけれど、呪いにかかってみたら、案外、悪くない。ずっと眠っていられるんだもの。

誕生祝いの宴よりも、何倍も何十倍も素敵。よその国の王子様とダンスをしたり、初めて会ったばかりの人達から結婚相手を選んだりするなんて、本当は気が重かったの。

そんな面倒な事は全部放り出して、いつまでも眠っていていいなんて、十三番目の魔法使いにお礼を言いたいくらい。

笑い声が降ってくる。不思議。眠っているはずなのに、周りの音が聞こえるなんて。それとも、これも夢なの？

「ああ、いい気味。とうとう復讐《ふくしゅう》してやった！　最愛の娘を目の前で殺してやったわ！」

十三番目の魔法使いが笑ってる。私を刺した針を手にして、身体をのけぞらせるようにして笑ってる。

「なんて事を……！　王様のご寵愛《ちょうあい》を受けておきながら、こんな……！」

ママが真っ青になって怒ってる。十三番目の魔法使いを睨《にら》みつけて……あら？　どうして、周りの様子が見えるの？　私、眠っているはずなのに。やっぱり、夢の中だから？

「バカみたい。ご寵愛？　そんなモノが欲しいなんて、いつ言いました？」

「なんという罰当たりな！　許しませんよ！」

「許せないのは、こっちよ。あんたに子供ができないから、代わりに産めって？」

「お黙り！」

「はあ？　あんたに言われる筋合いは無いもの。有無を言わさず妾《めかけ》にされて、子供ができないからって追い出されて。おまけに、あんたが妊娠したのがその直後って、酷すぎると思わない？　だったら、最初から他の女に手を出すなって話よね」

どういう事？　何を言っているの？

「いい？　あのとき、あたしはまだ十五だったの。好きな人だっていた。夏至《げし》の祭りに忍び逢《あ》う約束をするような。なのに！　王様のご寵愛？　いらないね、そんなの！」

十三番目の魔法使いは、作り話をしてる。こんなの嘘《うそ》。もう聞きたくない。ねえ、誰か止《や》めさせて！

「だから、あんた達……いや、あんたの可愛い可愛い娘が生まれたとき、誓ったんだ。この子が同じ歳になったら復讐してやるって」

お願い。もうやめて。それ以上、言わないで。

「あたしは、この日のために生きてきた。十五年間、ずっと！」

ママがドレスの裾を翻《ひるがえ》して走り去っていく。そうよね。こんなの聞くに耐えないもの。

「ちょっと！　待ちなさいよ！　逃げるつもり⁉　まだ話は終わってない！　あたしは、あんたの……待ちなさいってば！」

ああ、そうだ。ここは私の夢の中。だったら、おとなしくさせるのなんて、簡単よね？

ちょっと耳障りな悲鳴が聞こえたけれど、すぐに静かになった。いばらの蔓が十三番目の魔法使いを黙らせてくれたから。

＊

イヤな夢を見ちゃったかも。ここで愚図愚図《ぐずぐず》していたのが間違い。十三番目の魔法使いも眠ってくれたみたいだから、別の場所へ行こうっと。私の夢の中だもの。どこへ行くのも簡単。

厨房《ちゅうぼう》を覗《のぞ》いてみようかな。料理人達は、みんな楽しい人ばかり。とりわけ料理長は、面白い事を言っては、私を笑わせてくれた。

「まさか、こんな事になるなんて……」

あれは……知ってる。私が生まれるずっと前にお城に呼ばれて、「美しい子が生まれますように」と願った、最初の魔法使い。話している相手は、料理長。

「お亡くなりになった、ですって⁉　嘘でしょう⁉」

「いいえ。真《まこと》の出来事にございます。先ほど、姫様付きの侍女《じじょ》からそのように」

料理長も深刻な顔になってる。いつも美味《おい》しいお菓子をどっさり拵《こしら》えてくれた、大好きな料理長。でも、変ね。他の料理人達はどこへ行ったの？

「そんな！　信じたくない！」

悲しげな、涙混じりの声。今までに聞いたことがないくらい、辛《つら》そうな声。もしかして、他の料理人達がいないのは、料理長が人払いをしたの？　最初の魔法使いが人目を気にせず泣けるように。

「まさか、先を越されるなんて！　許せないわ！」

え？　先を越される？　どういう意味？

「せっかくの毒薬が無駄になってしまった。どんな解毒剤も効かない、強い薬を手に入れたのに！」

「どうぞ、お鎮《しず》まりを。人が来ます」

「美しい子を産むのは、私だったはずなのに！　后が他の女を送り込んでくるなんて！　簡単に誑《たぶら》かされる王様も王様だけど。ああ、悔しい！　またしても、別の女に邪魔されるなんて！」

そういう事……だったんだ。最初の魔法使いも、十三番目の魔法使いと同じ。料理長を唆《そそのか》して、私を殺そうとした。きっと、ケーキに毒を入れるつもりだったのね。だって、料理長が言ってたもの。明日はとびきり上等のケーキを拵えますからねって。

厨房を覗くのが好きだった。料理長も、他の料理人達も、ここで作られる料理もお菓子も、何もかもが大好きだったのに。

「そうだわ。姫が死んでしまったのなら、いっそ后を殺してやろうかしら？」

「ど、どうか、お気を確かに！」

「そうよ。あの腹黒い后を殺してやるのよ」

やめて！　ママにそんな事はさせないんだから！

甲高《かんだか》い声で笑っていた最初の魔法使いと、狼狽《ろうばい》した様子の料理長をいばらの蔓が絡め取る。二人がママに酷い事をしないように。悪い大人達をおとなしくさせるのは、とても簡単。ここは、私の夢の中だから。

＊

立て続けにイヤな夢を見ちゃったな。楽しい夢が見たいのに。そうだ、お城の最上階に行きましょう。私、露台《ろだい》から見下ろす景色が好き。毎日見てても、全然飽きないくらい。

そう思っていたら、先客がいたみたい。あれは「優しい子が生まれますように」と願った、二番目の魔法使い。何度か会った事があるけれど、とても優しい人だった。

あ、また誰か来た。三番目の魔法使いね。「清らかな子が生まれますように」と願った人。いつも、きちんとした服を着て、少し気難しい人だったっけ。どうやら、二番目の魔法使いと待ち合わせをしていたみたい。

「どうして、貴女一人？　姫様は？」

二番目の魔法使いが待っていたのは、三番目の魔法使いだけじゃなかったのね。そういえば彼女は、私がここからの眺めが大好きだって知ってる……。

「姫様をお連れするのは、貴女の役目でしょう？」

二番目の魔法使いが怪訝《けげん》そうな顔をしてる。彼女は、十三番目の魔法使いが私を糸車の針で刺した事を、まだ知らない。でも、役目って？

「落ち着いて聞いてくださる？」

「どうしたの？」

「姫様がお亡くなりになりました」

二番目の魔法使いの顔色が紙みたいに真っ白になった。唇が小刻みに震えてる。

「殺された……のよね？」

「刺殺だそうです」

残念ねと短く答える二番目の魔法使いは、もう震えていなかった。三番目の魔法使いが悔しそうにつぶやく。

「やはり、貴女の仰《おっしゃ》るとおり、宴の前に決行するべきでした」

「でも、宴の前なんて、お召し替えだの御髪を整えたりだので、姫様は大忙しでしょ？　連れ出すのは無理だったわよ。貴女の判断は間違ってなかった」

イヤだ……。また不愉快な話が出てきそうな気がする。

「けれど、先を越されてしまいましたから。こんな事なら、多少の危険はあっても宴の前に連れ出すべきでした」

「この場所を選んだのも、失敗だったわ。姫様の部屋から遠すぎるもの」

「それは仕方ありません。殺す前に、せめて好きな景色を見せたいとお考えだったのでしょう？

貴女はお優しいから」

ああ、この人達も私を殺そうとしてたんだ……。

「そもそも、私達が手を組んだのが間違いだったんだわ」

「同意いたします」

「貴女は、自分の手を汚したくなかった」

「貴女は、最後まで姫様に優しくしたかった」

私をここへ連れてくるのが、三番目の魔法使いの役目だった。騙《だま》すか、脅すか、どんなやり方を考えていたのかはわからないけれど。そして、ここで私を殺すのが、二番目の魔法使いの役目。

「だけど、貴女の願いだけ叶《かな》うなんてね。不公平だわ」

「自分の手を汚さずに、どなたかに姫様のお命を奪っていただく、という事ですか？　そうですね。確かに、叶ったと言えるのかもしれません」

「でしょう？　貴女も不公平だって認めるわよね？」

「ええ」

「だったら、死んでくれる？」

二番目の魔法使いの手には短剣があった。おそらく、私を殺すために用意した凶器。

「私、貴女が大嫌いだった！　王様のご寵愛を奪った貴女を、殺したいって思ってた！」

二番目の魔法使いが三番目の魔法使いへと迫る。鋭い刃が喉笛を抉《えぐ》るかに見えた瞬間、二番目の魔法使いの動きが止まった。

「お断りします」

その場にがくりと膝をついた二番目の魔法使いを、三番目の魔法使いが冷たい表情で見下ろしている。

「私も、貴女が大嫌いでした。私を陥れるために、酷い噂《うわさ》を流しましたね？　優しい貴女の言葉だから、誰も疑わなかった」

二番目の魔法使いの背中には、矢が刺さっていた。自分の手を汚したくない三番目の魔法使いが、城の兵士に頼んだ……。そう、この場所なら、遠くからでも狙えるから。

「これくらいの傷、どうって事ない……わ。こんな……モノ……」

二番目の魔法使いが顔を歪《ゆが》めて立ち上がろうとしている。

「ご無理はなさらないほうがよろしいかと。その矢には毒が塗ってあるんです。今だって、苦しくてたまらないんじゃありませんか？」

二番目の魔法使いの身体がぐらりと傾く。糸が切れた操り人形みたいに。きっと、ものすごく強い毒なんだろう。次の瞬間、短剣が閃《ひらめ》いた。苦しげに顔を歪めながらも、二番目の魔法使いが三番目の魔法使いを襲う。

「無駄です」

刃は三番目の魔法使いの腕に、たいして深くもない傷をつけただけだった。

「そう……かしら？　本当に、そう思う？」

三番目の魔法使いが目を見開いた。浅い傷の周囲が青黒く変色していく。それはみるみるうちに腕全体へと広がった。

「私も、刃に……毒を塗っておいた。猛毒……」

二人は同時にその場に倒れた。思ったとおり、ものすごく強い毒で、二人とも全く身動きができなくなっている。なんて可哀想な人達。

いばらの蔓が二人に巻き付く。眠ってしまえば、苦しくなくなる。ほら、楽になったでしょう？　もう大丈夫。何も心配いらない。ここは、私の夢の中だもの。

＊

四番目の魔法使いは、ママを殺そうとして取り押さえられた。五番目の魔法使いは、パパを殺そうとして取り押さえられた。

六番目の魔法使いは、私の部屋のクローゼットに隠れていたところを見つかって、捕縛された。

七番目の魔法使いは、パパの寝室に潜んでいたけれども、引きずり出された。

八番目の魔法使いは、ママの寝室の水差しに毒を入れたところを見つかって、自ら水差しの毒入り水を飲んだ。たちまち身動きできなくなる様子は、二番目と三番目の魔法使いそっくり。

九番目と十番目の魔法使いは、宴の広間に毒の霧を流そうとして失敗し、逆に毒を吸い込んでしまった。二人とも顔を青黒い色に染めて、ばったり倒れて……ああ、彼女達の様子もそっくり。

十一番目と十二番目の魔法使いは、城内の井戸のすべてに毒を投げ込もうとした。十一番目の魔法使いは、その途中で井戸に落ちてしまった。十二番目の魔法使いは、全部の井戸に毒を入れた後、自分も同じ毒を飲んだ。

十三人の魔法使い達は、全員、私達家族を恨んでいた。私が生まれる前、ママに子供ができなかったから、パパは若くて美しくて健康そうな女達を寝室へと引き入れた。

女達は互いに争い、足を引っ張り合って、自分一人が王の子を産めるようにと画策した。けれど、誰にも子供は生まれなかった。

結局、子供ができたのは、ママだけ。生まれてきたのは、私一人。だから、女達は私を憎んだ。私を殺そうとした。十三番目の魔法使いに先を越された後は、怒りの矛先をパパとママに向けた。無関係の人々を巻き添えにしてでも二人を殺そうとした。

……なんて酷い夢。こんな夢、見たくないのに、終わらない。延々と悪夢が続いてる。

＊

「このような……に……なのですが……」

ひそひそと話す声がする。中庭の片隅から。聞き覚えのある声。

「もとより、教育係は姫様が十五歳におなりになる日までと」

先生だ。私の教育係の先生。気さくな方で、優しくて、お兄様みたいだった。先生がいらっしゃらなかったら、私、お勉強なんて大嫌いだったかも。

「そんな！　駄目よ！」

悲鳴にも似た叫びは、ママのもの。どうして、ママと先生がこんな場所にいるんだろう？　いったい何を話しているんだろう？

「姫様亡き今、いつまでも私が城に留《とど》まるのは、不自然極まりない話でしょう」

「貴方に相応《ふさわ》しい肩書きや役目くらい、いくらでも用意します。だから、側《そば》に居て頂戴」

「それはできません。お后様が無理を通せば、周囲が黙っておりますまい」

「黙らせるわ！　だから！」

「私とて辛いのです。なれど、これ以上は醜聞《しゅうぶん》に……」

「もう言わないで。姫ばかりか、貴方にまで去られたら、私は生きていけません」

嘘……。ママ、どうして……。

「貴方が側に居てくれるなら、何だってするわ。お願いよ」

いや！　聞きたくない！　パパを裏切るような事を口にするなんて！　パパだけが悪いと思っていたのに。パパだけじゃなかった……。

「貴方の望みは何？」

「しかし、私は……」

「側に居てくれるわね？　いいえ、答えなくていいわ。これは命令よ」

そう言って、ママは先生に背を向けてしまった。だから、ママは知らない。先生の口許《くちもと》に浮かんだ笑みを。狡猾《こうかつ》という言葉そのもの。先生のあんな顔、初めて見た。

気さくで、優しくて、お兄様みたいだった先生。でも、先生も他の大人達と同じ。私には見せない別の顔を持ってた。

せめて、先生が本気でママを愛してらしたら。それも罪には違いないけれど、少なくとも私は先生を許せたかもしれないのに。

いばらの蔓が先生の首に巻き付く。もう眠って。ママを悲しませる前に。先生が本当はどんな方だか、ママが気づいてしまう前に。

ママが立ち去って、先生が動かなくなって、それで終わるはずだった。ああ、どうして。どうして、振り返ったりしたの？

すさまじい悲鳴を上げて、ママはその場に凍り付いた。私が十三番目の魔法使いに襲われたときよりも、ずっとずっと甲高くて、常軌《じょうき》を逸《いっ》した悲鳴だった。

ママにとって、先生は本当に大切な方だったのね。実の娘の私よりも。

「どうして!?　どうして、こんな……！」

倒れている先生にすがりついて、子供みたいに泣きじゃくってる。私、ママを悲しませたくなかったのに。

「許せないわ」

不意に顔を上げると、ママは立ち上がった。許さない、許さないとつぶやきながら、駆け出した。どこへ行くの？　許さないって、誰を？　先生が動かなくなったのは、私のせいなのに。

＊

ママが向かったのは、パパの部屋だった。だから、ママがとんでもない誤解をしてるって、わかってしまった。

ママ、ママ、違うの。パパは先生に何もしていない。悪いのは、私。間違ったのは、私。

それに、ママだって、いけない事をしたでしょう？　パパだけが悪かったわけじゃないんだもの。どうかお願い、許してあげて。そんな怖い顔をしないで……。

ああ、なのに。

髪を振り乱して、目を吊《つ》り上げて、口許を歪めてパパに食ってかかるママは、まるで知らない女の人のよう。

「許さない！　許さない！　許さない！」

そんなママを、パパは冷たい目で見つめてる。これも、私の知らない顔。

「みんな死んでしまえばいい！　あの女達も、貴方も！」

ママの憎しみと殺意は本物だった。十三人の魔法使い達がパパとママを憎んだように、ママもパパとあの女達とを憎んでいた。今まで、ママがご自分を抑えていられたのは、先生がいたから。その大切な先生を失ってしまった……。

「死ね！」

ママが短剣を手にパパに向かっていく。でも、そんなの無駄だって事くらい、私にだってわかる。誰にだってわかる。パパは男の人だもの。女のママが敵《かな》う相手じゃない。

パパは眉ひとつ動かさずに、ママの腕を捻《ひね》り上げた。ママの手から短剣が落ちる。そう、最初からわかりきってた事。なんて可哀想なママ。

「すっかり騙されていたよ。長い間、疑いもしなかった」

え？　騙されていた？

「姫の父親が誰なのか、あの女に教えられるまで」

あの女って誰？　どういう事？

「若くて健康そうな女達を集めたのに、どの女も病を患い、城を去った。不審に思いはしたが、証拠が無かった。……つい先日までは」

不意に思い出した。十三番目の魔法使いの言葉を。あのとき、彼女は……そう、こんなふうに言ってた。

『ちょっと！　待ちなさいよ！　逃げるつもり⁉　まだ話は終わってない！　あたしは、あんたの……待ちなさいってば！』

ママが逃げるように立ち去ってしまったから、彼女の言葉は途切れてしまったけれど。その続きは、たぶん「あんたの秘密を王様にばらしてやった」とか何とか。十五年前からずっと、復讐だけを考えて生きてきたという彼女だから、私を殺すだけで満足するはずがなかった。

「恐ろしい女だ。虫も殺せぬかのように振る舞いながら、己の地位を脅《おびや》かす者は容赦なく陥《おとし》れ、一人残らず排除した」

そんなの嘘！　ママはそんな人じゃない。でも、ママは先生と……。パパとママ、どちらが嘘をついているの？　どちらが悪い大人なの？

「表の顔は、貞淑《ていしゅく》な妻。裏の顔は、数々の不貞を働く毒婦そのもの。それを見抜けず、不義の子を我が子と信じた。十五年！　十五年もの間、毛筋《けすじ》ほども疑わなかった！　腹の中では、愚かな王よと嘲《あざけ》っていたのだろう？」

いつの間にか、パパの手には小さな瓶が握られていた。凍り付いたように動けないママの顎を摑《つか》んで口を開けさせ、パパは瓶の中身を流し込んだ。もしかして、それ……。

「あっという間に姫は死んだだろう？」

パパの口許に、初めて笑みが浮かんだ。ママが倒れた。糸が切れた操り人形みたいに、ばったりと。同じ毒だった。魔法使い達を殺した毒と。そして、十三番目の魔法使いの手にした針に塗ってあった毒と。

「あの女にこれを分け与えてやった。真実を教えてくれた報酬に」

若くて健康な女達が十三人も呼ばれたのに、誰にも子供ができなかったという不自然な事実。なのに、ママにだけ子供ができたという不都合な真実。闇に葬られたはずの真相を掘り起こし、パパに教えたのは、十三番目の魔法使い。

真実を知ったパパは、彼女に毒を渡した。結果は、パパの思惑どおり。

他の女達がどうやって毒を手に入れたのかは、知らない。十三番目の魔法使いから誰かが盗み出したのか、或《ある》いは、十三番目の魔法使いが自ら他の女達に渡したのか。

いずれにしても、パパの用意した毒はたちまち城の中へと広がった。誰もが誰かを憎んでいたから。そう、最初に呪いをかけたのは、パパだった。

パパが笑ってる。私の好きだった笑顔じゃない。イヤだ！　こんなの……パパじゃない！　これ以上、見たくない！　聞きたくない！　知りたくない！

いばらの蔓がニセモノのパパの首を締め上げる。いばらの棘がその胸を刺し貫く。ニセモノのパパは、真っ赤な血を流して、すぐに眠ってしまった。

ああ、良かった。これで、大丈夫。ここは私の夢の中。ニセモノのパパはいなくなった。眠っているのは、私が大好きだったパパ。ねえ、今日は私が、おやすみのキスをしてあげる。おやすみなさい、パパ。

おやすみナサイ。良イ夢ヲ……。

＊

王様の流した血を吸って、いばらの蔓は綺麗《きれい》な綺麗な花をつけました。

傍らに倒れているお后様の身体からも、いばらが芽吹きます。

十三人の魔法使い達の身体からも、次々にいばらが蔓を伸ばします。

先生の身体からも、料理長の身体からも、いばらが伸びていきます。

城の人々の身体からも、いばらは芽吹いて蕾《つぼみ》を付けます。

いばらの蔓は止まりません。どんどん伸びて、城をすっぽり包みます。

いくつもいくつも花が開いて、かぐわしい香りが漂《ただよ》います。

たくさんの花に囲まれて、いばらの蔓に守られて、姫はいつまでも眠ります。

いつか、人は姫をこう呼ぶでしょう。いばら姫、と。

ハーメルン

むかしむかしあるところに、人々にハーメルンと呼ばれている、とても美しい男がおりました。ハーメルンは美しいだけでなく、不思議な力の持ち主でした。

あるとき、とある町にネズミが大発生しました。ネズミはどこへでも入り込み、食料を食い尽くし、疫病《えきびょう》を運びました。町には、たちまち飢《う》えと病とが広がっていきました。困り果てた人々は、寄り集まって知恵を出し合いました。

誰かが思い出したように言いました。

「そうだ、ハーメルンを呼ぼう」

不思議な力を持つハーメルンならば、この災厄《さいやく》を何とかしてくれるかもしれません。町の人々が使いを出すと、すぐにハーメルンがやって来ました。

美しいハーメルンが笛を吹くと、美しい音色が流れました。その音色に誘われて、ネズミ達が集まってきました。

粉挽《ひ》き小屋から、納屋《なや》から、教会から、家々の天井裏から……町の至る所から、ネズミが出てきます。ハーメルンの周囲はネズミ達で埋め尽くされていきます。

ハーメルンは笛を吹きながら、町を出て行きました。ネズミ達も、ぞろぞろと後に続きました。町中のネズミ達が残らずハーメルンについていきました。

そして、町にはネズミが一匹もいなくなりました。町は救われ、平和が訪れたのです。

それから、しばらく経《た》ったある日、ハーメルンが町に現れました。町にはもう、ネズミはいません。飢える者もいなければ、病に苦しむ者もいませせん。

誰かが顔をしかめて言いました。

「いったい誰だ、ハーメルンなんぞを呼んだのは？」

ハーメルンは黙って笛を吹き始めました。以前よりも、もっと美しい音色が流れました。その音色に誘われて、子供達が集まってきました。

ようやく歩き始めたばかりの幼い子もいれば、大人と変わらない背丈の大きい子もいます。男の子もいれば、女の子もいます。綺麗《きれい》な服を着ている子もいれば、襤褸《ぼろ》を纏《まと》っただけの子もいます。

ハーメルンは笛を吹きながら、町を出て行きました。子供達も、ぞろぞろと後に続きました。町中の子供達が残らずハーメルンについていきました。

そして、町には子供が一人もいなくなりました……。

＊

この世で最も唾棄《だき》すべきは、醜悪《しゅうあく》なるモノ。汚らしく、おぞましいモノが、どうして、どうして、この私の前に存在しているのでしょう。よりにもよって、この美しい私の前に。

たとえば、ネズミ。どこへでも入り込み、食料を貪《むさぼ》り尽くす。あらゆるモノを汚染し、疫病を運ぶ。穢《けが》れそのもの。このようなモノが存在するなど、到底、許容できません。

だから、私はネズミどもを誘《おび》き出し、町の外へ連れて行き、そのまま川に沈めて殺したのです。

誰の為でもない、他ならぬ私自身の為に。私の視界が汚されぬように。

この世で最も愛すべきは、美麗《びれい》なるモノ。端正で、清らかなるモノこそが、美しい私にふさわしい。私は、目に映るすべてが美しくあって欲しいのです。美麗なるモノは、私の目を楽しませ、心を満たしてくれる……。

たとえば、子供達。きらきらと輝く瞳。無垢《むく》なる瞳。

ああ、これほどまでに美しいモノがありましょうか！　だから、私は……。

＊

子供達が一人残らずいなくなり、町には重苦しい気配が立ち込めました。父親達は憤《いきどお》り、母親達は悲しみました。老人達は、ただただ嘆《なげ》くばかりでした。

「ハーメルンから子供達を取り返せ！」

「ハーメルンを捕らえろ！」

「ハーメルンを殺せ！」

町の男達は武器を手に、ハーメルンを捜しに行きました。夜になると、松明《たいまつ》を手にして捜索を続けました。

男達が家に戻るのは明け方でした。そうして、少しばかりの睡眠を取り、幾ばくかの食べ物を口にして、再び出かけていきました。

次の日も、男達が戻ってきたのは明け方でした。やはり、少しばかりの睡眠を取り、幾ばくかの食べ物を口にして、また出かけていきました。

その次の日、男達は明け方になっても戻ってきませんでした。寝床と食べ物を用意していた女達は、顔を曇らせ、その帰りを待ちました。

何日経っても、男達は戻って来ませんでした。

＊

美しさにも色々あります。輝くような美しさ、清らかな美しさ、整然とした美しさ、静かなる美しさ……。私はそれらのすべてが好きです。様々な美しさの有り様すべてを分け隔《へだ》てなく愛しているのです。

たとえば、強さが内包する美しさ。強くとも粗野《そや》なモノは嫌いですが、強さだけを極めたその先、極限までに純度を高めた強さは、確かに美しい。

たとえば、鍛え上げた男達の筋肉。彼らの生業《なりわい》が決して美麗とは言い難《がた》くとも、その生業が長年に亘《わた》って鍛え上げた肉体には、美が宿っている。その筋肉は、鋼の如《ごと》く、しなやかで強い。

ああ、これほどまでに美しいものがありましょうか！　だから、私は……。

*

子供達に続いて、男達もいなくなり、町には不穏な空気が流れ始めました。残された女達は不安に顔を曇らせ、老人達はやはり嘆くばかりでした。

「うちの人はどこに行ったの？」

「どうして戻ってこないの？」

「この町はどうなってしまうの？」

女達も、老人達も、家に閉じこもり、窓の鎧戸《よろいど》を下ろし、扉にはしっかりと閂《かんぬき》を掛けました。一晩中、ランプやロウソクを灯し、明かりを絶やしませんでした。

外へ出るのは、井戸に水汲《く》みに行くときだけです。市場には誰もいません。店も、宿屋も閉まっていますから、足を止める旅人もいなくなりました。

数日後、またもハーメルンがやってきました。町は静まりかえっています。女達も、老人達も、家の中で息を潜めています。

ハーメルンが笛を吹き始めました。この世のモノとは思えないほど美しい音色が流れました。その音色に誘われて、女達が集まってきました。

目を泣きはらした女もいます。げっそりと窶《やつ》れた女もいます。一睡もしていないのか、眠そうな女もいます。けれど、どの女も吸い寄せられるように、ハーメルンのほうへと歩いていきます。まるで、何かに憑《つ》かれたかのように、ふらふらと。

ハーメルンは笛を吹きながら、町を出ていきました。女達も、ぞろぞろと後に続きました。町中の女達が残らずハーメルンについていきました。

そして、町には老人達だけが取り残されたのです。

＊

価値観、審美眼は人それぞれです。ある人には大変美しいと思えるモノが、他の人の目には美しく映らない……というのは、ままある事です。

けれど、多くの人が美しいと認めるモノはある。誰の目にも、それなりに美しいと映るモノもある。

たとえば、女性の髪。長く艶《つや》やかな髪の美しさを、わざわざ否定する人がおりましょうか？

輝く黄金の如き髪、烏《からす》の濡れ羽色と呼ばれる黒髪、白銀色の髪、栗色の髪、絹糸の如き髪、波打つ髪……それらすべてがそれぞれに美しい。

ああ、なんて美しい！　だから、私はこのすべてが欲しいと思ったのです。私のモノにして、常に愛《め》でていたい。美しいモノは美しい私の中でひとつになるべきだ、と。

「美しい……」

陽の光に煌《きら》めく髪。滑らかな手触りは絹糸のよう。ただ……。

ひび割れた爪の醜さ！

「醜い」

虚《うつ》ろな眼と骨張った手足の醜さと言ったら！　或いは、たるんだ肉の醜さ、乾いた肌の醜さ、

「どれもこれも、何の価値もない……」

醜く、無価値なモノは要りません。すべて潰《つぶ》して、消し去って、美しいモノだけを手に入れる。

そう、私に必要なのは、ただそれだけなのです。

町の子供達からは、きらきらと輝く眼を貰《もら》いました。その美しさを美しい私の中へと取り込む為に。不要な部分はすべて潰して、消し去りました。

町の男達からは、強くしなやかな筋肉に包まれた腕を貰いました。その美しさを美しい私の中へ取り込む為に。不要な部分はすべて潰して、消し去りました。

そして、今、私は町の女達から、髪を貰っているのです。それぞれに美しい髪を、美しい私の中へと取り込んでいるのです。不要な部分はすべて潰して、消し去って……。

選《え》りすぐりの美しいモノだけが、美しい私と共にあるべきでしょう？

＊

子供達も、男達も、女達もいなくなった町は、ひっそりとしています。時折、老人達の嘆きがどこからともなく聞こえてきます。

ハーメルンは二度と町に現れませんでした。

＊

子供達の眼、男達の腕、女達の髪。それだけでは、まだ足りません。美とは、目的地のない旅のようなモノ。常に先を、常に高みを、求めていくべきモノ。これで良しと満足できるようなモノではないのです。

だから、私は、美しいモノを求め続けました。美しい私と共にあるべき美を、私とひとつにする為に。

たとえば、虎の鋭利《えいり》なる牙《きば》。一瞬で獲物の息の根を止める武器。その強さ。その機能美。まさに、美しい私にふさわしい。そうでしょう?

「なんて、なんて、美しい!」

笛の音で誘い、ネズミと同じように川に沈め、美しき牙を私のモノに。醜い体や汚れた毛皮は潰し、消し去って。虎の牙を取り込んで、私は一段と強く、美しくなったのです。

でも、それだけでは足りません。

たとえば、大亀の堅牢《けんろう》なる甲羅《こうら》。あらゆる攻撃に耐える防具。その硬さ。虎の牙とはまた違った機能美。これも、美しい私にふさわしい。違いますか?

「なんて、なんて、美しい!」

笛の音で動きを封じ、醜い頭を叩《たた》き潰して、美しき甲羅だけを剝《は》ぎ取って。大亀の甲羅を取り込んで、私はまた強く、美しくなりました。

でも、それだけでは足りません。

たとえば、鳥の翼。優雅に風に乗り、大空を舞う、軽やかな翼。

「なんて、なんて、美しい！」

笛の音で眠らせて、地に落としたら、翼だけを毟《むし》り取って。鳥の翼を取り込んで、私はますます強く、美しくなるのです。

でも、それだけでは足りません……。

＊

子供達と、男達と、女達が消えた町の近くで、化け物を見たという噂《うわさ》が流れ始めました。

「ヒトの形をした化け物だった」

「いやいや、アレはヒトじゃない。すさまじく大きな牙があった」

「牙だけじゃない。身体が甲羅に覆われていた」

「甲羅だけじゃない。羽が生えていた」

人々は、奇妙な姿の化け物を恐れ、忌《い》み嫌いました。

＊

まだまだ足りません。森や野山に棲《す》む獣や鳥だけでは、美しさを高めていくには不足なのです。

もっと、もっと、美しいモノを集めなければ。

たとえば、魔物の鋭い爪。虎の牙より鋭く、大亀の甲羅よりも硬い爪。それは、虎の牙や大亀の甲羅よりも強く、美しいモノ。

「なんて、なんて、美しい！」

遠い砂漠へ旅した私は、鋭い爪を持つ魔物に出会いました。笛の音で動きを封じ、頭を潰して、一本残らず爪を抜き取って。魔物の爪を取り込んで、私はさらに強く、美しくなるのです。

でも、それだけでは足りません。

たとえば、竜の炎。辺り一面を一瞬で焼き払う、美しくも残酷な炎。黄金よりも輝き、紅玉よりも紅《あか》い、竜の炎。

「なんて、なんて、美しい！」

聳《そび》え立つ岩山へと登った私は、業火《ごうか》を吐く竜と出会いました。笛の音で眠らせ、炎を吐く竜をそのまま取り込んで。ああ、私はこの上もなく強く、美しくなるのです……。

＊

やがて、子供達と、男達と、女達が消えた町から遠く離れた土地でも、奇妙な化け物の噂が流れ始めました。

「どうやら、元はヒトだったらしい」

「いやいや、到底ヒトとは思えない」

「獣や鳥や魔物、竜までもが混ざっていた」

「あんな醜い化け物は見た事がない」

人々は、醜い姿の化け物の噂をしては、嫌悪感に顔をしかめました。

＊

まだまだ、まだまだ、足りません。獣や鳥、魔物、竜だけでは。美しい私は、さらなる高みを目指すべきなのです。

私はひたすら旅を続け、強く美しいモノを取り込み続け……気がつけば、ヒトの世界と異なる場所にいました。醜い人形達が「ライブラリ」と呼ぶ場所に。

ここでも私は、強く美しいモノを探しました。しかし、これまでに手に入れたモノよりも強く美しいモノには、なかなか出会えません。ここにいるのは、醜い化け物ばかり。醜く、イヤなニオイを放ち、不愉快な声で鳴くモノばかり。

それでも、私は探し続けました。そして、とうとう出会ったのです。ここの化け物達が「最強」と呼ぶモノに。

一目でわかりました。これが「最強」であると。これまでに見た獣とも鳥とも魔物とも、まして竜とも違う。

この「最強」を取り込めば、私はこの世界で最も強く美しくなれるでしょう。

「ああ、なンテ、ナンテ、美シイ！」

＊

むかしむかしあるところに、人々にハーメルンと呼ばれている、とても美しい男がおりました。

ハーメルンは美しいだけでなく、不思議な力の持ち主でした。

ハーメルンは美しさを求めて旅をしました。小さな町から大きな町まで、山を越え、砂漠を越え、海を越え、やがて、ヒトの世界をも超えて、旅を続けました。

子供達や男達、女達、獣達、鳥達、魔物達から、強く美しい部分を奪い、自らの内に取り込むうちに、ハーメルンはヒトの姿を失い、いつしか人々が「醜い化け物」と恐れ蔑《さげす》むような姿になっていました。

けれども、ハーメルンはそれが最も強く美しい姿だと信じて疑いませんでした。ハーメルンは、さらに強く美しいモノを求めて旅を続けました。

ハーメルンが最後に出会ったのは、「最強の魔物」でした。それは、どこかハーメルンとよく似た気配を纏っていました。おそらく、ハーメルンと同じように、強く美しい部分を奪い続け、「最強」となったのでしょう。

これ以上に強いモノはこの世に存在しないと、ハーメルンは確信しました。これを倒して、自らの内に取り込めば、この世で最も強く美しくなれるに違いない、と。

ハーメルンは狂喜しました。もはやヒトとは思えない口許《くちもと》が、ニヤリと歪《ゆが》みました……。

シンデレラ

むかしむかしあるところに、シンデレラという娘がおりました。シンデレラの母親は、幼い頃に亡くなりました。お金持ちだった父親は、喪が明けるとすぐに新しい妻を娶《めと》りました。

シンデレラの継母《ままはは》となった女は、強欲で、性悪でした。彼女には二人の連れ子がいましたが、どちらも母親に似て、性根の曲がった意地の悪い娘達でした。

シンデレラの持ち物だった美しい服も、可愛《かわい》い人形も、義姉《あね》達のものになりました。小綺麗《こぎれい》な寝室も追い出されて、シンデレラは台所の暖炉の前で眠るしかありませんでした。

ある日、お城で舞踏会が開かれることになりました。国中の娘達が招かれました。その中から、王子の花嫁となる娘が選ばれるのです。

継母は娘達を着飾らせると、シンデレラを残して出かけてしまいました。シンデレラが暖炉の前でため息をついていると、魔法使いが現れて言いました。

「元気をお出し。おまえも舞踏会に行けるようにしてあげるよ」

魔法使いが杖《つえ》を振ると、シンデレラは金と銀の糸で織り上げた素晴らしいドレスを着ていました。手には本繻子《ほんしゅす》の手袋をはめ、足には透き通ったガラスの靴を履いています。

魔法使いがまた杖を振ると、台所のカボチャが馬車に、カボチャを囓《かじ》っていたネズミが白馬に変わりました。シンデレラは大喜びで馬車に乗り込み、お城に駆けつけました。

シンデレラの美しさに、人々は目を見張るばかりでした。王子も一目でシンデレラを好きになりました。王子は最初の曲も、次の曲も、その次の曲も、シンデレラと踊りました。

楽しい時間は瞬く間に過ぎ、午前零時を告げる鐘が鳴り始めました。シンデレラは王子の手を振り払って、逃げ出しました。鐘が鳴り終わると、魔法が解けてしまうからです。ところが、慌てて走ったせいで、ガラスの靴を片方、落としてしまいました。

王子はガラスの靴を手がかりに、シンデレラを探しました。国中の娘達が、王子の花嫁になりたくてガラスの靴を履いてみました。でも、誰の足にも合いません。

やがてシンデレラの家にも王子一行がやって来ました。義姉達もガラスの靴を履いてみましたが、もちろん、合いません。

「この家には、他に娘はいないのか？」

シンデレラが進み出て、ガラスの靴に足を入れると、隙間なくぴたりとおさまりました。

「この人が花嫁だ！」

王子はシンデレラを城へ連れ帰り、婚礼の宴《うたげ》が催されることになりました。宴には、厚かましくも、継母と二人の義姉達の姿もありました。シンデレラがいじめられても、かばってくれなかった薄情な父親の姿もありました。

そして、隣には、何度も何度も踊ったのにシンデレラの顔をろくに覚えず、ドレスの裾から覗《のぞ》く足しか見ていなかった王子がいます。

シンデレラの胸の内に、怒りの炎がめらめらと燃え上がりました……。

＊

王子様とシンデレラは、死ぬまで幸せに暮らしました、とさ。

まあ、嘘《うそ》じゃない。王子は、首を掻《か》き切られる瞬間までニヤけた顔のままだった。恐怖を感じる間も無いほど、すばやく殺《や》ってやったから。確かに「死ぬまで幸せ」だったんだろうと思う。

王子の次に殺したのは、父親。後妻の言いなりになるしかなかった気弱な男。実の娘が継母に殴られ、連れ子達にこき使われても、止めるどころか文句ひとつ口に出せなかった。

私が灰塗《はいまみ》れになって暖炉の前で眠るようになってからというもの、決して台所に足を踏み入れようとしなかった。目の前の出来事から逃げるばかりの、どうしようもない男。

だから、殺すのは簡単だった。父親の頭の中は「逃げる」一択だからだろう、即座に回れ右をして走り出した。当然、背中はがら空き。狙いを定めるまでもなかった。

すぐに父親の背中から短剣を引き抜いて、継母に襲いかかった。これも、要領よく倒せた。我ながら、無駄の無い動きだった。

頭の中で、何度も何度も殺していたからね。反撃されたら、どう躱《かわ》せばいいか。逃げようとしたら、どこへ回り込むか。台所の床を磨きながら、私はずっと考え続けてた。

継母の次は、血の繋がらない姉達。暖炉の灰に、鉢一杯のレンズ豆をぶちまけて、一粒残らず拾えと命じた上の姉。灰に塗れて豆を拾う私を見て、げらげら笑い転げた下の姉。

悲鳴を上げて逃げまどう上の姉に飛びかかり、床に押し倒して、短剣を右目に突き立てた。目玉がぐしゃぐしゃになるまで、何度も何度も。

真っ青になって震えてる下の姉も、同じように押し倒した。バカだよね。姉が殺されてる間に、さっさと逃げりゃ良かったのに。いや、そんな事できないってわかってたから、私はこの順番で殺したんだけど。

だって、こいつは誰かの後ろをくっついて歩くしか能の無いバカ娘。頼みの綱が死ねば、頭の中は真っ白。きっと身動きひとつ取れなくなるに違いない……。

私の予想は大当たり。やかましく悲鳴を上げ続けてる下の姉の左目に、短剣を突き立てた。目玉がぐしゃぐしゃになるまで、何度も何度も。

ああ、さっぱりした。ウザい王子も、ムカつく父親も、殺しても飽き足りない継母も義姉達も、みんな片づけた。最高の気分だったね。

はい、シンデレラは死ぬまで幸せに暮らしました、とさ。

＊

死ぬまで？　残念でした。私は死ななかった。物語の登場人物だからね。

ただ、シンデレラの物語は終わってしまった。物語の中にいたはずの私は、気がついたら、ここにいた。おかしな声で喋る人形達が「ライブラリ」と呼ぶ、この場所に。

数多《あまた》のイノチを供物《くもつ》に、作者を蘇《よみがえ》らせる場所。他の物語の登場人物達と争って、出し抜いて、自分だけが願いを叶《かな》える場所。

いいね。面白い。やってやろうじゃないか。別に作者に会いたいワケじゃないけど、自分一人だけが生き残るってのがイイ。

まず、化け物達を殺しまくる。これは簡単。出てくるのは、豚だの蜘蛛《くも》だの、頭が悪くて醜いモノばかり。

王子や父親、継母と連れ子達を殺した武器は短剣だったけど、ここでの私の武器は弓。敵が近づく前に攻撃できる、便利な武器。遠くから狙い打ちしたり、背後から打ったり、いくらでも卑《ひ》怯《きょう》な攻撃ができる、有能な武器。

弓矢を駆使して、頭の悪い化け物どもを狩るのは楽しい。それに、中には、言葉を喋《しゃべ》るモノもいる。そいつらは、役に立つ。だから、すぐには殺さない。じわじわと痛めつけて、情報を引き出す。

何しろ、ここは得体が知れない場所。生き残るためには、情報が必要だった。

あの人形達の言葉などアテにならない。むしろ、信じないほうがいい。連中は何かを隠しているし、嘘のニオイがする。情けないけど、継母や意地の悪い義姉達の顔色を窺《うかが》って生きてきたから、言葉の裏を読むのは得意だ。

四肢の腱《けん》を切って動きを封じた豚の化け物からは、仲間の居場所を吐かせた。豚は動きが鈍くて捕らえるのは容易《たやす》かったし、肉を削いで痛めつけても、しばらく生きているから、喋らせる時間はたっぷりある。

待ち伏せして、一匹ずつ捕まえて、時間をかけて肉を削《そ》いだ。辺り一帯の豚どもが全滅する頃には、私は他の化け物や、他の物語の登場人物達の居場所を把握していた。

次に狩ったのは、蜘蛛の化け物だった。豚に比べれば動きが速く、捕らえるのに手間がかかるものの、豚よりも知恵があるし、記憶力もいい。それは、一匹あたりの情報量が多い、という事。

脚を一本ずつねじ切りながら、私は問いを重ねた。苦痛が長引くように、ゆっくりと。

そして、辺り一帯の蜘蛛の脚を毟《むし》り尽くしてしまう頃には、私は他の物語の登場人物達の特徴や戦い方を把握していた。

さあて。次は、どいつを拷問してやろうか？

＊

「なあ、遊びたいんだろ？」

「はい。うーんと遊びたいです！」

真っ赤な頭巾《ずきん》をかぶって、返り血で手足を真っ赤に染めた娘。他の物語の登場人物。たいした知恵も無く、ただ武器を振り回すだけの殺人狂。

「だったら、こっちだ。ついてきな」

後ろからザックリ殺られる可能性はゼロではないが、限りなくゼロに近いほど低い。私一人を殺して終わるより、好きなだけ殺しができる場所へ案内させたほうがいい、という計算ができる程度の知恵なら、この娘にもある。

「いっぱい殺していいのですか？」

「殺せるもんなら。まあ、好きにしな」

嘘は言っていない。私は「好きなだけ殺し合いができる場所へ案内する」と言っただけ。敵が多数いると解釈したのは、この娘だ。

「あれ？　何だか……いいニオイがします？」

「肉を焼いたからね」

豚の死骸を一匹丸ごと焚《た》き火に突っ込んだ。肉の焼けるニオイで誘《おび》き出したいヤツらがいたから。

「ほら、アンタの遊び相手だ」

丸焼けになった豚にむしゃぶりついている、ガキども。三匹の子豚が豚を貪《むさぼ》り食ってる。共食い。滑稽な光景だ。

「わぁい！」

赤ずきんの視線が逸《そ》れた隙に、私はその場を離脱した。さっきまでと違って、ザックリ殺られる可能性が出てきたからだ。案内役を終えた私は、赤ずきんにとって生かしておく意味がなくなった。だとすれば、遠くの獲物に襲いかかる前に、まず手近な獲物を片づける。それが赤ずきんのやり方だ。

「次の潰し合いは、誰と誰にするかな」

肩越しに見れば、赤ずきんと三匹の子豚が殺し合いを始めている。私は次の場所へと向かう。

他の物語の登場人物達同士をけしかけて、互いに潰し合いをさせる。そうして、最後に残ったヤツを潰す。それが私のやり方だ。

罠《わな》を張って、誘き寄せて、鉢合わせさせて……そんな仕込みを終えて、連中が潰し合いを始めたら、私は私で獲物を探しに行こう。

え？　獲物ってのは何かって？　すぐにわかるよ。

＊

私の獲物。それは、私自身だった。……紛らわしいな。自分自身じゃなくて、私の姿をした化け物。いや、正確には、私の姿そのままじゃないけど。元は、私と同じ姿だったであろう、化け物。

その化け物は、豚や蜘蛛の化け物とは異なる存在、らしい。これも、化け物どもを拷問して吐かせた情報だった。物語の登場人物達とよく似た気配の、というよりも元は同じモノだったとしか思えない「黒い悪夢のような化け物」がいる、と。

途方もなく強く、途方もなく堅い、化け物が恐れる化け物。鳥の化け物は、その「黒い悪夢」が生まれる瞬間を目撃したと羽を震わせて言った。トカゲの化け物は、そいつの攻撃から命からがら逃げ出したと言った。よほど恐ろしかったのか、言った直後に泡を吹いて失神した。犬の化け物などは、ソレについて口にするくらいなら死んだほうがマシだとまで言った。そして、本当に最期まで喋らなかった。全身を切り刻んでやっても、頑固に口を閉ざしたままだった。

それほどのモノならばと、私も半ば意地になって情報を集めた。

他の連中がどこまで「黒い悪夢」の存在を把握しているのかは知らないが、正確な生態や強さを知っているのは、私だけだろう。少なくとも、私以上の情報を掴《つか》んでいるとは思えない。他の連中は、化け物どもをあっさり殺している。時間をかけて拷問している、なんて話はついぞ聞いたことがなかった。

連中は、あの人形達の言葉を額面どおりに受け取っているらしい。おめでたくも。まあ、私にとっては願ったり叶ったりだ。

能《あた》う限りのイノチを奪い、供物として捧《ささ》げる事。それで願いが叶う。

誰よりも先に、私は「黒い悪夢」を探し当ててやる。そして……。

＊

第一段階、クリア。

「ふうん。案外、フッーだね」

目の前にいるのは、「黒い悪夢」ではない。そいつに会うためには、色々と段取りが必要なのだ。

そのために、私はまず「私」を見つけた。

私そっくりの姿で、私以上に凶暴な気配を身に纏《まと》った化け物を。コレは、人間から「黒い悪夢」になりかけているモノらしい。半分化け物で、残りの半分だけが人間。

その証拠に、手足の関節には生身の人間には無い、不自然な継ぎ目がある。まるで、人形の手足のようだ。さらに、闇の中の獣を思わせる、緑色の光を放つ両の眼。これも、生身の人間とは思えなかった。

「で、どうする？」

目の前の「私」は無言で弓を構えた。不快な魔の気配が伝わってくる。桁違いの魔力を備えているのだろう。

「問答無用ってワケ？」

私も弓を構える。……と見せかけて、いきなり射る。先手必勝、と思ったのだが、全く先手になっていなかった。

私が射たのとほとんど同時に、耳許《みみもと》を矢が掠《かす》めた。速い。しかも正確だ。攻撃を見越して横に跳んでいなければ、私の眉間には穴が空いていたに違いなかった。

私は立て続けに矢を放った。上へ、下へ、右へ、左へ。幾本も、幾十本も、幾百本も。

もう一人の「私」も、全く同じ事をしていた。上へ下へと射角を変えながら、ひたすら弓を引き続けている。

まるで、鏡に向かって矢を放っているようだった。武器は同じ飛び道具、勝つためならば手段を選ばない……。

けれど、これは鏡が作り出した虚像などではない。生きて目の前にいる、もう一人の「私」だ。

「死ネ……。死……ンデ？　死ネバ？」

抑揚の無い言葉をつぶやきながら、「私」は淡々と弓を引いている。

手足が重い。傷がひりひりする。わずかずつではあるが、魔力の矢によるダメージと疲労が積もっていく。じりじりと。化け物どもへの拷問のように。「私」は、私よりも強い。すでに半分は人間ではなく、化け物なのだから。

「わかってるよね？　私が何をしようとしているか。アンタ、私だもんね？」

少しだけ、距離を詰める。「私」もまた、一歩踏み出してくる。お互い、手足はすでに傷だらけ、血だらけだった。

「ふうん。作りモノみたいな手足だけど、ちゃんと血が流れてるんだ？」

また少し距離を詰める。飛び道具同士の戦いがもどかしい。剣や槍《やり》と違って、なかなか致命傷となる一撃を放てない。焦《じ》れったいのは「私」も同じなのだろう。

「私ノ方ガ、強イ！　強イ！　強イ！」

さっきまでのつぶやきが、今は叫びに変わっている。

私は、一気に距離を詰めた。隠し持っていた短剣で攻撃するために。

と、それを待っていたかのように、腹部に衝撃が来た。わかっていた。考える事は同じ。

「しまった……ッ！」

目の前が赤く染まった。腹の辺りに灼《や》けつくような痛みがある。「私」が手にしていたのは、長剣だった。魔法を使って隠していたらしい。「私」は、私よりも狡賢《ずるがしこ》い。これも、わかっていた。

ごぼりと音をたてて、喉の奥から逆流してくるものがある。

「が……っ！」

鉄の味がする液体を吐き出す。顔を歪《ゆが》めながら。

「……なあんて、ね」

笑いがこみ上げる。刺された痛みは変わらずにあったが、笑わずにいられなかった。

「これで、狙いどおり……だ」

第二段階、クリア。私の最終目的は、「私」を倒す事じゃない。「黒い悪夢」を我が物にする事だ。これも、そのために必要な段取りのひとつ。

化け物どもを次々に拷問して、私は情報を集めていた。「黒い悪夢」とは何なのか、どうすれば呼び出せるのか、どうすればそのチカラを奪って我が物にできるのか。その答えがこれだった。

半人半魔の自分自身の手で殺されれば、「黒い悪夢」になれるという。だから、私は「私」に殺される事にした。これで、化け物が恐れるほどの強大なチカラを手にできる。

そのチカラがあれば、他の「黒い悪夢」どもを駆逐する事も可能だろう。あの得体の知れない人形達をも叩《たた》き壊して、私はライブラリを手に入れる。この世界に君臨してやるのだ。それが叶うなら、人間でなくなったって構やしない……。

急速に体温が奪われ、目の前が暗くなった。もうすぐ。もうすぐ、私は死ぬ。消えそうになる意識を無理矢理につなぎ止める。

ここで意識を手放してはならない。半人半魔の化け物から「黒い悪夢」へと変貌を遂げるとき、自我を失う危険があるらしい。少なくとも、鳥の化け物が目撃した「黒い悪夢」はそうだったという。

せっかくチカラを手に入れても、自我を失っていたのではつまらない。最期の最期まで意識を保っていれば、自我を失わずに済むのではないか？　確信はなかったが、やってみる価値はあると私は考えた。

冷たく暗い闇の中へと落ちていく感覚があった。手も足も全く意のままにならず、自分自身の輪郭がぼやけていく。死んだな、と感じた。

そのときだった。眩《まぼゆ》い光を見たと思った。視界を白い光が満たしていた。落ちていく感覚はなかった。冷たく暗い闇など、どこにも無い。だが、相変わらず手も足も動かせなかった。

動かせるはずがなかった。私にはもう、手も足もなかった。代わりにあるのは、巨大な銃口と頑丈な盾を備えた、奇妙な巨体だった。

「×□△……○×□？」

これが、私？　と言ったつもりだったが、耳障りな音が漏れるばかりだった。手足だけでなく、人間の発声器官もなくなっていたからだ。だが、そんな事はどうでもいい。

自我を保ったまま、私は「黒い悪夢」になった。このライブラリを手中に収め、この世界に君臨できるチカラを手に入れたのだ。

笑いが止まらない。と言っても、私の笑い声は、金属を擦《こす》り合わせたような、甲高い雑音にしか聞こえなかった。

「□△×□○……」

あの半人半魔の化け物はどこだろう？　まずはあいつを殺さなきゃならない。このチカラは私一人のモノ。余計な敵は殺しておくに限る。それを済ませたら、赤ずきんと三匹の子豚が戦っている場所へ戻ろう。ヤツらを皆殺しにしてやる……。

けれども、私には、どれひとつとして実行できなかった。

聞き覚えのある音が鳴り響いた。時計台の鐘の音だった。あの忌まわしい、十二時を告げる音。

私から、美しいドレスやカボチャの馬車を奪う音。

「××○△⁉」

唐突に身体が重たくなった。この場から逃げ出したいのに、身動きがとれない。酷い倦怠感《けんたいかん》がある。

立っていられなくなって、私はその場に膝をつく。膝？　いつの間にか、ヒトの身体に戻っていた。

違う。よくよく見れば、ヒトではなかった。手足の関節に継ぎ目がある。人形のような身体だ。

あの、私そっくりの顔をした、半人半魔の……。

だが、何かがおかしい。私は周囲を見回した。薄闇がどこまでも続いている。聳《そび》え立つ書棚と、夥《おびただ》しい本と、生臭い血のニオイと。紛れもなくライブラリだった。

隅々まで知り尽くしている場所なのに、どこかしっくりこない。この奇妙な違和感は何なのだろう？

考えていられたのは、そこまでだった。殺気を感じた。咄嗟《とっさ》に跳び退《の》く。

「オマエハ……！」

さっき、私を殺した、「私」が弓を構えている。

「マダ、ヤル気ナノカ？」

問答無用で矢が飛んでくる。回避しながら、私も弓を構え……られなかった。

「嘘ダロ⁉」

愛用の弓は、私の背丈よりも巨大化していた。弦も硬く、引いてもびくともしない。

「マサカ⁉」

違和感の正体に思い当たった。思わず自分の手を見る。小さな子供の手だった。「黒い悪夢」となった後、十二時の鐘が鳴って、私の身体は崩壊した。ただ崩壊したわけではなく、子供に戻ってしまったのだ。

辺りを見回して、しっくりこない気がしたのも、目線の高さが変わったせいだ。弓が巨大化したように思えたのも、弦が硬かったのも、小さく非力な子供になってしまったせい。

私は弓を放り出して走った。大人と子供が戦って勝てる道理が無い。

本棚の隙間に入り込んだり、積み上げられた本の陰に身を潜めたり、小さな身体である事を最大限に生かして、私は逃げ続けた。

いや、待てよ？　逃げる必要なんて無いんじゃないか？　もう一度、あれに殺されれば、私はまた「黒い悪夢」になれるんじゃないのか？　いやいや、こんなひ弱な身体で殺されてもダメなんじゃないのか？

逃げ続けるべきか、さっさと殺されるべきか。

「……ッ⁉」

肩口に激痛が走った。矢が深々と突き刺さっている。矢には毒が仕込んであったらしい。腕が痺《しび》れたように動かなくなった。痺れは瞬く間に全身に広がった。

「ドウシテ……？　隠レテイタ……ノニ」

感覚のなくなった手に目をやって、驚いた。さっきまでの子供の手ではなかった。大人の手とまではいかないが、確実に成長した手だった。

それで、身を隠しきれなくなったのか。

「クソ……ッ！」

気づくのが遅かった。やっぱり情報不足では生き残れない。

そして、身動きできずにいる私を、「私」が殺した。

＊

冷たい闇の底へ落ちていく感覚は二度目だった。視界を覆う真っ白な光も。

私は再び、「黒い悪夢」となっていた。強大なチカラが全身を満たしている。大人の身体からこの姿になったときと比べて、弱体化したようにも思えない。

だったら、さっさと殺されておくんだった。無駄に逃げ回ったりせずに。私は周囲を見回した。

「私」を殺さなければと思ったのだ。

「黒い悪夢」のチカラを手に入れた後、自分を殺した相手を殺さなければならない、という情報を持ってきたのは、どの化け物だったか。

真偽は確かめていない。その情報があろうとなかろうと、私は「私」を殺すつもりでいたからだ。自分を脅《おびや》かしかねないモノは予《あらかじ》め潰しておく。それが、この計画の最終段階。

だが、「私」は姿を消していた。逃げたというより、どこかに隠れて様子を窺っているのだろう。今、「私」と私のチカラの差は歴然としている。半分だけ化け物の「私」と、完璧な化け物である私とでは。

私は探した。本棚を薙《な》ぎ倒し、焼き払い、「私」を炙《あぶ》り出そうとした。

どこにいる⁉ 「私」を殺さないと、私が危ない。この計画を立てた当初は、推測でしかなかった。さっきまでは予感だった。今や、それは確信となった。……しかし。

最終段階はクリアできなかった。十二時の鐘の音が響き渡る。

「×××！ ○△×□⁉」

私は、再び子供に戻ってしまった。

＊

今度は逃げ回るなんて、バカな事はしなかった。一分たりとも無駄にできないのだ。小さな子供の身体のままで殺され、私は「黒い悪夢」になった。

どうやら、「黒い悪夢」として存在し続けるためには、条件があるらしい。制限時間内に、自分を殺した相手を殺す事。おそらく、「私」もこの事を知っている。もう一人の私なのだから、それくらいの情報は掴んでいて当然だ。

闇雲に探し回らずに、私ならばどこに身を隠すかを考え、そこを重点的に潰していった。狙いは過《あやま》たなかった。

だが、見つけ出して胸に剣を突き立てたところで、十二時の鐘が鳴ってしまった。致命傷を負わせただけでは不十分で、確実に心臓を止めないと「殺した」とは見なされないらしい。

次は、相手の足を可能な限り痛めつけておいてから殺された。遠くへ逃げられないようにすると同時に、血の跡を追えるようにするために。

「×○××！　△□△！」

間に合った。今度は十二時の鐘が鳴る前に、私は「私」の心臓を抉《えぐ》った。

＊

結果から言えば、最終段階クリアとは成らなかった。またも、私は子供に戻ってしまったのだ。

他にも何か条件があるのかもしれない。が、それが何なのか、どうしてもわからない。

自分そっくりの半人半魔の化け物に殺されて、「黒い悪夢」になって、十二時の鐘が鳴って、子供に戻って、また殺されて……。

この繰り返しから抜け出すための条件とは、いったい何だろう？

殺された状況？　殺す状況？　殺された時間？　殺す時間？

わからない。私は、様々に条件を変えつつ、殺し殺されるのを繰り返した。

＊

いったい、どれくらい繰り返しただろう？　なのに、私は未だに囚《とら》われ続けている。半人半魔の子供の姿と、「黒い悪夢」との間を、ひたすら行き来している。

もしかしたら、これは罠？　もしも、自分そっくりの半人半魔の化け物に殺されれば、「黒い悪夢」になれる、という情報がガセだとしたら？

あり得ない話じゃない。振り返ってみれば、この話に限って、なぜか私は裏を取らなかった。なぜだろう？　なぜ、頭から信じた？　信じ込まされた……のか？

だとしたら、この罠を張ったのは、誰？

十二時の鐘が鳴る。抜け出せない繰り返しがまた始まろうとしている。銃口と盾を備えた奇妙な巨体が崩れ落ちる。その刹那、私は人形達の笑い声を聞いた。

黒ノ寓話

SINoALICE

グレーテル

むかしむかしあるところに、ヘンゼルとグレーテルという兄妹《きょうだい》がおりました。二人の両親は一生懸命に働きましたが、暮らしは苦しく、その日のパンにさえ事欠く有様でした。

ある年、その国を大飢饉《ききん》が襲いました。両親は泣く泣く兄妹を森に棄《す》てにいく事にしました。

空腹で眠れなかったヘンゼルとグレーテルは、両親が自分たちを棄てる相談をしているのを、すっかり聞いてしまいました。

翌朝、両親はヘンゼルとグレーテルにパンを一切れずつ渡しました。

「お昼にお食べ」

そして、朝ご飯を食べずに、一家は森へと出かけました。この家には、もう、それしか食べ物がなかったからです。

ヘンゼルは歩きながら、パンを小さくちぎっては、道ばたに落としていきました。妹のグレーテルは、ずっと泣いていました。

歩いて歩いて、歩き続けて、森の奥深くに着くと、父親は言いました。

「おまえたちは、ここで休んでおいで。父さんと母さんは、木を伐《き》りに行ってくる」

母親が言いました。

「夕方になったら、迎えに来るからね」

ヘンゼルとグレーテルは、言われたとおり、木の根元でじっと座っていました。お昼になると、グレーテルの持っていたパンを二人で分けて食べました。ヘンゼルのパンは、全部、道ばたに落としてきてしまったからです。

やがて、二人は眠ってしまいました。昨夜はほとんど眠れませんでしたし、陽が昇る前から歩き続けて、疲れ切っていました。目が覚めると、夜でした。両親の姿はありません。

「私達、もう家へ帰れないんだわ」

グレーテルが泣き出しました。

「泣くんじゃないよ。道に落としてきたパンのかけらをたどっていけば、家に帰れるさ」

ヘンゼルはグレーテルの手を取ると、月明かりを頼りに歩き出しました。ところが、目印になるはずのパンのかけらがありません。森に住む鳥たちが、きれいさっぱり食べてしまったのです。泣きじゃくるグレーテルの手を引いて、ヘンゼルは歩きました。月が雲に隠れ、辺りが真っ暗になっても、歩き続けました。

お腹がぺこぺこになっても、喉がからからになっても、足が棒のようになっても、ヘンゼルとグレーテルは、歩くのを止《や》めませんでした。陽が昇り、また夜になり、月が昇り、また朝になりました。

森はますます深くなったようでした……。

＊

兄様と私は、森の中を歩いていました。父様と母様に棄てられたときみたいに。

兄様は家へ帰ろうとしていて、私は帰ってはいけないと知っていた。それも、あのときと同じです。兄様は生きようとしていて、私は死んでもいいと思っていた。それも、同じ。

森の中は、いつも暗くて寒くて、枯れ木と苔《こけ》と湿った土の臭いがして……兄様は、その全部が嫌いで、一刻も早く森から出たいと考えていたようです。私は、永久に森の中にいてもいいと思っていたのに。兄様さえ、そばに居《い》てくれるなら。

父様と母様に棄てられて、さんざん森をさまよった後、兄様と私は、魔女に捕まってしまいました。甘い甘いお菓子の家に惹《ひ》かれて、まんまと魔女に騙《だま》されて。いいえ、全く疑わなかった訳じゃないんです。だって、森の中にお菓子でできた家があるなんて、どう考えてもおかしい。けれど、私達は飢《う》え死に寸前でした。兄様は、生きるために食べなければと思っていた。私は、兄様と一緒なら罠《わな》に掛かってもいいと考えていた。だから、私達は甘い甘いお菓子をお腹《なか》いっぱい食べました。そして、魔女に捕まりました。

ああ、でも。お菓子の家の魔女は、もう死にました。たとえ迷子になっても、魔女に捕まる心配はありません。森に危険は無いのです。森の中にいれば、かえって安全なのです。

魔女がいなくても、食べ物と飲み水がなければ飢え死にしてしまう？

そんな事ありません。今の私は、食べられる木の実やキノコの種類を知っています。湧き水の場所だって、わかります。枯れ枝を集めて火を熾《おこ》す事だって、できます。

魔女の家での私の仕事は、掃除や洗濯だけではありませんでした。森へ行って薪《まき》を拾い、食べ物を集めて、水を汲《く》む。その全部が私の仕事でした。だから、魔女は私にいろいろな事を教えたのです。

檻《おり》に入れられて退屈している兄様に、私は覚えた事をすべて伝えました。魔女の部屋から、こっそりノートと鉛筆を持ち出して、檻の中の兄様に渡しました。

私が伝えた事を、兄様はひとつ残らずノートに書き込みました。私が魔女の用事で走り回っている間、ずっと兄様は鉛筆を走らせていました。いつか、魔女から逃げ出す日のために。生きて森から出るために。

兄様は、森の中で死なないために、必要な事を書いた。必要な事をすべて書いてしまえば、それ以上、書く必要はありません。ノートの残りは白紙のままです。

それでは勿体《もったい》ない気がして、私は何か書こうと思いました。それに、森の夜は長くて退屈なのです。檻の中と同じくらい。ご飯を食べて、焚《た》き火のそばで横になっても、まだまだ眠くなりません。

だから、檻の中の兄様みたいに、私も何か書きましょう。眠くて目を開けていられなくなるまで、紙に鉛筆を走らせましょう。

日記、というモノはどうでしょう？　とても良い考えでしょう、兄様。

［***30. September***］

明け方、寒さで目が覚めました。焚き火は眠る前と変わらずに燃え続けています。それでも体が冷える季節がやってきたのです。もうすぐ長い冬が訪れるでしょう。そうすれば、兄様と私が森をさまよい始めて、二年になります。

森の中は、昼でも薄暗くて、夏でも肌寒い。夜の闇は深くて、冬は骨まで凍りそうなほど寒い。でも、私は少しも不満に思っていません。少しも不安を感じていません。だって、兄様と一緒だから。

ねえ、兄様？　兄様はまだ不満ですか？　兄様はまだ不安ですか？

もう、父様と母様の顔も忘れてしまいました。会いたいとも思いませんし、家に帰りたいとも思いません。私にとって大事な人は、兄様一人だけ。大事な場所は、生まれ育った家ではなくて、兄様が居る場所。

ねえ、兄様？　父様と母様に会いたいですか？　家に帰りたいですか？

夜の闇が深くても、獣《けもの》の遠吠《ぼ》えが聞こえても、兄様と一緒なら、少しも怖くなかった。兄様と手を繋いでいれば、それだけで安心できた。私、兄様の手が大好きでした。

ねえ、兄様？　私達、いつから手を繋がなくなったんでしょう？

ごめんなさい、兄様。わかってます。兄様と手を繋がなくなったのは、兄様の手が無くなってしまったから。

手も、足も、胴体も、無くなってしまったから。

だから、私は手を繋ぐ代わりに、鉄の鳥籠をいつも抱えています。いつも、いつも、抱きしめています。鉄の格子《こうし》は、私の体温でじんわり暖められています。

ねえ、兄様？　少しも冷たくないでしょう？

手も、足も、胴体も無くなって、首だけになったけれど、私の大切な兄様だから。

［7. Oktober］

魔女の家に囚われていた記憶も、日々、薄らいで、恐ろしげな魔女の顔もほとんど思い出さなくなりました。今は、甘いお菓子の思い出が残っているばかり。

チョコレートの屋根瓦《やねがわら》。砂糖細工の窓ガラス。窓枠はほんのり塩の味がするプレッツェル。壁の煉瓦《れんが》はビスケット。

兄様は、私のために窓を枠ごと外してくれましたね。うんと背伸びをして、チョコレートの屋根瓦も取ってくれましたね。なんて優しい兄様。

でも、ごめんなさい、兄様。私が本当に食べたかったのは、お砂糖でもチョコレートでもなかったの。私が本当に食べたかったのは……。

魔女に見つかったのは、兄様が私のために壁のビスケットを剥がしてくれたときでしたね。最初、魔女は優しいお婆《ばあ》さんのふりをして言いました。

『さあ、中へお入り。暖かいベッドでお眠り』

疲れ切っていた私達は、魔女の家へと入りました。なんて愚かな私。どうして兄様以外の誰かを信用したりしたんでしょう？　父様も母様も嘘《うそ》をついた。兄様以外は誰一人信用してはならないと学んでいたはずなのに。

もう顔も思い出せない魔女だけれど、魔女が兄様にした事は覚えています。頑丈な鉄の檻に閉じこめて、朝から晩までお菓子を食べさせて、ぶくぶくぶくぶく太らせる。丸焼きにして食べてしまうために。なんて酷《ひど》い女。

でも、ごめんなさい、兄様。私、本当は魔女が羨《うらや》ましかったの。兄様を閉じこめて、自分だけのモノにするなんて。丸焼きにして食べてしまえば、兄様とずっと一緒にいられる。そう、私が本当に食べたかったのは……。

毎朝、魔女は檻の前まで、やってきました。兄様の様子を見るために。たっぷり肉がついたかどうか、確かめるために。

『どれどれ。ヘンゼル、人差し指をお出し』

兄様は、人差し指の代わりに、鶏《にわとり》の骨を差し出しました。兄様の指より細くて硬い鶏の脚の骨です。

『なんて貧弱な指だろう！　肉なんて少しもありゃしない』

魔女はぶつぶつ言いながら、檻の前を立ち去りました。

魔女は、しょっちゅうつまずいたり、モノを取り違えたりしていました。年のせいで、目が悪かったのです。それを知っていたから、私は兄様に鶏の骨を渡して、指の代わりに差し出すように言いました。魔女の邪魔をしたかったのです。

でも、年寄りの魔女は卑《いや》しくて短気でした。

『ああ、もう待ちきれない。肉がぽっちりでも構やしない。今日こそはヘンゼルを丸焼きにしてやろう！』

だから私は、魔女を殺しました。燃えさかる竈《かまど》の中に突き飛ばして、焼き殺しました。兄様を丸焼きにして食べるなんて、そんなの絶対許さない。私から兄様を奪うなんて許さない。兄様は私のモノ。兄様を食べていいのは私だけ。だって、私以上に兄様を愛している人なんていないから。

大好きな兄様。私を愛して。魔女を退治してあげるから。

大好きな兄様。私を愛して。鉄の檻から出してあげるから。

大好きな兄様。私を愛して。私だけのモノにしてあげるから。

大好きな兄様。私を愛して。頭のてっぺんから足の先まで私だけのモノにしてあげるから。声も、吐息も、私だけのモノにしてあげるから。その命も魂も、私だけのモノにしてあげるから。

全部、全部、全部、私だけのモノにしてあげるから。

ああ、愛《いと》しい愛しい兄様。兄様が首だけになっても、その首が干からびてしまっても、骨だけになっても、跡形もなく消えてしまっても、私は兄様を愛してるんです。愛してるんです。愛してるんです！

食べてしまいたいほど、愛しているんです！　全部、全部、食べてしまいたいほど！

兄様の手は、どんな味がするでしょう？　いつも私の手を引いてくれた、優しい兄様の手は、甘いでしょうか？　苦いでしょうか？　それとも？

硬い骨だって残したりしません。全部、全部、食べてしまいましょう！

ああ、でも。人差し指の骨だけは残しておきましょうか。いつか、悪い魔女に捕まったら、檻の隙間から差し出すために。

おや？　変ですね？　悪い魔女は死んでしまった……はず？

［*20. Oktober*］

どうして？　どうして兄様はそんな目で私を見るのですか？　もう兄様は死んでしまっているはずなのに、焼け焦げた跡がわからないくらい腐っているはずなのに、もう腐った臭いがしなくなるほど乾いてしまったはずなのに、眼球もなくなってしまって黒い窪《くぼ》みがあるだけだったはずなのに。

両の瞼《まぶた》が開いて、ぎらぎらした眼が私を見ている。まっすぐに、私を見ている。

どうして？　怒っているの？　私が兄様を殺したから？　魔女を焼き殺したのと同じ竈に閉じこめて、焼き殺してしまったから？

ごめんなさい！　ごめんなさい！

お願い！　そんな目で見ないで！

ごめんなさい！　兄様、怒らないで！　兄様、許して！

ごめんなさいごめんなさいごめんなさい！　兄様！

嘘です、ごめんなさい。兄様は兄様じゃありません。

ごめんなさい！　私は私じゃありません！

全部、嘘です！　兄様はグレーテルで、私は……ああ、ごめんなさい。

グレーテル、睨《にら》まないで。僕を見ないで。お願いだから、目を閉じて。許して。ごめんなさい
ごめんなさいごめんなさい！

ごめんなさい許してくださいお願いです睨まないでください怖かったんです僕はグレーテルを愛していたけど兄妹だからそれ以上の事はできなかったグレーテルの指が唇が舌が恐ろしかったから僕は突き飛ばした竈の扉を閉めたグレーテルが竈の中で暴れても閂《かんぬき》を外さなかったグレーテルがおとなしくなって扉を開けたら死んでいて取り返しの付かない事をしたのが苦しくて自分が死ねばよかったと後悔して僕がグレーテルになってグレーテルが僕になればいいと思ったそれから僕はグレーテルの服を着て自分の服を竈で燃やした僕になったグレーテルの首を切って鳥籠に入れて魔女の家から逃げ出したごめんなさいごめんなさいごめんなさいごめんなさいごめんなさいごめんなさいごめんなさいごめんなさいごめんなさいごめんなさい

［**26. Oktober**］
僕はグレーテルを愛していた。彼女が死んでしまって、やっとわかった。
兄と妹という禁忌《きんき》を踏み越えようとしている彼女が怖かった。臆病な僕には罪悪感を振り払う勇気がなかった。代わりに彼女の手を振り払った。
拒《こば》んでも拒んでも迫ってくる彼女が疎《うと》ましかった。卑怯《ひきょう》な僕は彼女に応える事も諭す事もしな

かった。代わりに彼女を力ずくで黙らせた。

物言わぬ躯《むくろ》となった彼女が愛しかった。愚かな僕は失って初めて彼女への愛に気づいたけれど、すべてが手遅れだった。代わりに彼女の首と共に生きると決めた。もう二度と彼女を手放さないと誓った。生涯、彼女となって生きるつもりだった。

二年間。僕は誓いを守った。グレーテルの服を着て、グレーテルに成り代わり、グレーテルの愛を騙《かた》った。

間違っているという自覚はあった。こんなの自己満足だとわかっていた。それでも、僕は僕に戻りたくなかった。

再びグレーテルに恐怖を覚えたのは、いつだっただろう？　グレーテルが再び目を開けたのは。彼女は僕を睨みつけた。その視線が怖かった。とっくに死んでしまっているはずなのに、それでもまだ僕を見ている彼女が、ただただ恐ろしかった。

昼も夜も、グレーテルの瞼が閉じることはなかった。四六時中、僕を睨んでいた。

僕はとうとう誓いを破った。森の奥へとグレーテルを捨てに行った。鳥籠を投げ出し、走った。日が暮れるまで走り続けて、やっと僕は安堵《あんど》した。逃げ切れたと思った。

なのに、次の朝、目覚めると僕の傍《かたわ》らには鳥籠があった。

［**30. Oktober**］

グレーテルは怒っている。

竈で焼き殺した僕を、首を切り落とした僕を、森の奥に遺棄《いき》しようとした僕を、グレーテルは許さない。

二度と物言わぬはずの唇が動いていた。焼け落ちてしまったはずの歯を剥き出して笑っていた。次は？　次は何が蘇《よみがえ》る？　僕を罰するために、グレーテルは何をする？

僕の罪は妹を愛した事だけではなかった。

僕の罪は妹を殺した事だけではなかった。

僕の罪は妹を化け物に変えた事だけではなかった。

僕の罪は……。


許して。お願いだから。もう眠って。もう死んで。もう消えて。


違う。僕に罪があっても無くても、グレーテルが怒っていても怒っていなくても、結果は変わらないだろう。なぜって、僕は知ってる。グレーテルの本当の願いは、僕を食べる事だから。

僕はまた、グレーテルを炎の中へと突き落とさなければならない。彼女を鎮めるには、そうするしかない。破壊。焼却。でないと、僕が　彼女に　食

＊

むかしむかしあるところに、ヘンゼルとグレーテルという兄妹がおりました。二人の両親は一生懸命に働きましたが、暮らしは苦しく、その日のパンにさえ事欠く有様でした。

ある年、その国を大飢饉が襲いました。両親は泣く泣く兄妹を森に棄てに行きました。そして、ヘンゼルとグレーテルは二度と戻ってきませんでした。

それから二年と少し後、ヘンゼルとグレーテルが棄てられた森に、猟師がやってきました。猟師は森の奥で、女の子の服と靴を見つけました。服はずたずたに切り裂かれて、おまけに血塗れでした。この服と靴の持ち主は、狼《おおかみ》に食い殺されてしまったのでしょう。

ただ、服と靴しか残らないほど、きれいに食べているのが、奇妙と言えば奇妙でした。狼は骨まで食べたりしないからです。おまけに、小さな骨がひとつだけ残っていたのも、どこか不自然でした。

さらに歩いていくと、古いノートが落ちていました。猟師は文字が読めなかったので、そのノートに何が書いてあるのか、わかりませんでした。

さらに歩いていくと、焚き火の跡がありました。薪をどっさり積み上げたであろう、大きな焚き火の跡です。灰の中には、鉄の鳥籠が埋もれていました。鳥籠は、空っぽでした。

そして、猟師も二度と戻ってきませんでした。

黒ノ寓話

SINoALICE

ラプンツェル

むかしむかしあるところに、ラプンツェルという娘がおりました。ラプンツェルは、物心ついてからというもの、「お母様」以外の人を見たことがありませんでした。

その「お母様」、実はラプンツェルの生みの母ではありません。「お母様」は魔女でした。魔女の畑の野菜を盗んだ貧しい夫婦から、その罪の代償《だいしょう》として、生まれたばかりの赤ん坊を取り上げたのです。魔女は赤ん坊に、盗まれた野菜と同じ名前をつけて育てました。

魔女は、ラプンツェルを厳しくしつけました。まだ小さいうちから、掃除に洗濯、炊事を仕込み、ひととおりのことができるようになると、森の奥の高い塔に閉じこめました。

塔には出入り口もなければ、階段もありません。てっぺんの部屋に小さな窓がひとつあるだけです。毎日、魔女は決まった時間になると、窓の下へ行き、こう叫ぶのです。

「私の可愛いラプンツェル、お前の長い髪を垂らしておくれ」

すると、ラプンツェルは生まれてこのかた一度も鋏《はさみ》を入れたことのない長い髪を窓の外に下ろします。きらきら輝く金髪は、高い塔の窓から地面に届くほどでした。魔女は、それを伝ってラプンツェルの部屋までよじ登るのです。

魔女は満足でした。これなら、自分以外の者が近づくことはないでしょう。ラプンツェルは悪い言葉を覚えることもなく、良からぬ考えを吹き込まれることもありません。

その思惑どおり、ラプンツェルは清く正しく美しい娘に育ちました。魔女は言いました。

「私の可愛い綺麗な鳥よ、お前はここで、たださえずっていなさい」

言いつけどおりに、ラプンツェルは歌いました。美しい声で、毎日毎日歌いました。その歌声を聞きつけた者がいます。森へ狩りにやってきた王子でした。

王子は、ラプンツェルが長い髪を窓から下ろすところも、魔女がそれを伝ってよじ登るところも、夕方になると魔女が帰っていくところも、すべて見ていました。

夜になると、王子は魔女の声色を真似て叫びました。

「私の可愛いラプンツェル、お前の長い髪を垂らしておくれ」

疑うことを知らないラプンツェルは、窓から髪を下ろしました。髪を伝って登ってくる気配がします。いつもより、すばやく、密《ひそ》やかに。

窓から入ってきたのは、魔女ではありませんでした。初めて見る、男の人でした。ラプンツェルは、少し怖くなって後ずさりました。すると、王子は優しく言いました。

「怖がらないで。私はただ、美しい歌声の持ち主と仲良くなりたいだけなのです」

ラプンツェルは考えます。仲良くなりたいのなら、悪い人ではないでしょう。お母様のように、きつく叱ったり、叩いたりすることもないでしょう。そう思って、王子の手を取りました。自分の手とは全く違う、大きくて力強い手です。

「ああ、可愛い人！」

王子に抱きしめられ、ラプンツェルは頬が燃えるように熱くなるのを感じました。仲良くするって、なんて素敵なんでしょう。ラプンツェルも、王子の背に腕を回しました……。

＊

「はぁ……。疲れた」

息を吐いた途端に力が抜けて、私は座り込みました。地べたに直接座ったら、服が汚れてしまうかもしれないけれど、それ以上に疲れきっていて。

目の前には、大きな大きなトカゲの化け物。やっと死んでくれました。もう逃げ回らなくても大丈夫。

恐ろしげな化け物と戦わなければならないと言われたときには、目の前が真っ暗になったものだけど。私にそんな事ができるなんて、思えなかったから。

だって、私、重たい剣なんて、とてもじゃないけど使えません。この杖《つえ》だって、持っているのが精一杯。これで、どうやって化け物と戦えと言うの？

だから、初めての戦いは、全然戦いになっていなくて、杖を滅茶苦茶《めちゃくちゃ》に振り回していただけでした。回復の魔法は知っていたから、化け物の攻撃で怪我をしたところを治して、逃げ回って、また杖を振り回して……。ものすごく長い時間をかけて、やっと化け物一匹を退治できました。

ああ、ここに男の人がいてくれたらいいのに！　大きな剣でも弓でも楽々と扱える、強い男の人。私を守ってくれて、私の代わりに化け物と戦ってくれる男の人がいたら、どれほど安心できるでしょう！

「誰か、いませんか？」

恐る恐る、声を出してみたけれど、返事は無くて。

「誰か！　いませんか！」

やっぱり、誰も答えてくれませんでした。

そうよね。化け物が襲ってきたとき、あんなに悲鳴を上げたのに、誰も来てくれなかった。杖を振り回す間、ずっと泣き叫んでいたんだから、男の人がいたなら、助けに来てくれたはず。

……あのときみたいに。

王子様は、私の歌声を聞きつけて、塔の上まで来てくれました。退屈な日々を過ごしていた私を見つけてくれました。お母様以外の人を見たことがなくて、世界には女の人しかいないと思っていた私に、男の人の存在を教えてくれました。

その日から毎晩、王子様は私を訪ねてくれました。王子様と私は、とっても仲良くなったんです。

そして、王子様はいろいろな事を教えてくれました。それまでは、塔の部屋でお掃除やお洗濯、お料理をするだけの毎日でしたから、私、知らない事がいっぱいあったんです。

私の手が、箒《ほうき》の柄を握ったり、雑巾を絞ったりするためだけにあるわけじゃない事。私の舌が、お料理の味見をするためだけにあるわけじゃない事。私の声が、歌うためだけにあるわけじゃない事……。

王子様から、たくさんの事を教えられて、私の世界はどんどん広がっていきました。毎晩、毎晩、新しい発見がありました。それが楽しくて。新しい事を覚えたら、もっと別の事も覚えたくなって。

王子様と二人きりでいる時間は、だんだん長くなっていきました。最初の頃は、誰にも見られないように、夜中のうちにお帰りになったんですけど。

それが夜明け前になり、日が昇るのと同時になり、日の出の直後になり、お母様が来る少し前になり……とうとう、お母様が来る時間まで、王子様をお引き留めしてしまいました。だって、王子様がお帰りになるのが寂しかったし……とても眠くて、起きられなかったんです。

窓の外から「私の可愛いラプンツェル、お前の長い髪を垂らしておくれ」と、お母様の声が聞こえたときには、心臓が止まるかと思いました。王子様も、いっぺんで眠気が吹き飛んだみたいでした。私は、あわてて服をかき集めて、クローゼットに王子様を隠しました。

何食わぬ顔で、お母様を迎えて、いつものように、お茶とお菓子を差し上げました。途中、クローゼットの中で王子様がくしゃみをしてしまったけれど、幸いにも気づかれずに済みました。お母様はお年のせいで、少し耳が遠いんです。

そうこうするうちに、お母様はうとうとと居眠りを始めました。これも、お年のせいなんでしょうね。

お母様が眠っている間に、王子様をこっそり帰してしまったほうがいいのは、わかっていました。一度、眠ってしまったら、少しくらい物音がしても、お母様は目を覚まさないし……。でも。だから。私、クローゼットの扉を開けて、そのまま……ふふっ。またひとつ、新しい事を覚えました。

目を覚ましたお母様に、顔が少し赤いと言われたときには焦りましたけど、どうにか取り繕いました。

やっと夕方になって、お母様は帰っていきました。髪を伝って降りていくお母様を見下ろしながら、私は口を手で塞《ふさ》いでいました。油断したら、大きな声を上げてしまいそうだったから。王子様はもう、クローゼットから出てきていて、私のすぐ後ろにいました。

新しい事を覚えるって、なんて素敵なんでしょう！

＊

ライブラリは、塔よりも酷《ひど》い場所です。あれから、何度か声を上げてみたけれど、誰も気づいてくれません。出てくるのは、化け物ばかり。

誰かにここから連れ出してほしくて、塔にいたときのように歌ってみたのですけど。歌声ならば、遠くまで届くかもしれないと思って。でも、出てきたのは、意地悪なお人形達でした。この場所で目覚めた直後に現れた、男の子のお人形と女の子のお人形です。

「暢気《のんき》に歌ってテル場合じゃありマセンよ？」

「ホラホラ、早く殺さナイと！」

小馬鹿にした口調で言って、耳障《みみざわ》りな声で笑って……ほんと、大嫌い！　女の子のお人形は最初から好きになれなかったけど、男の子のお人形のほうも好きになれません。百年経《た》っても仲良くできる気がしないわ。

男の人なら、仲良くできるはずなのに。そうよ、王子様以外の人とだって。砂漠ではそうしてたもの。

王子様の事がお母様にバレてしまって、私は塔を追い出されて、砂漠に棄てられました。王子様と仲良くなれなかったお母様は、私に嫉妬《しっと》したんです。

着の身着のままで放り出されて、私は途方に暮れました。砂漠には、食べ物はもちろん、飲み水だって無いんです。昼は干上《ひあ》がりそうに暑くて、夜は凍り付きそうに寒くて。

泣いている私を助けてくれたのは、やっぱり男の人でした。彼は遠い国へ向かう旅人で、座り込んでいた私をラクダに乗せてくれました。

彼は、奥さんと子供を連れて旅をしていました。お母様と同じ、怖い顔をした女の人でした。ラクダに乗せてもらっている間、目を吊《つ》り上げて、ずっと私を睨《にら》んでいました。やっぱり女の人は好きになれません。

でも、夜になって奥さんや子供達が眠ってしまった後、私、彼と仲良くなったんです。子供達の世話で疲れ切っているせいで、奥さんは一度眠ってしまったら、滅多《めった》な事では目を覚まさないんだそうです。そんなところも、お母様に似ていました。

ただ、滅多な事では目を覚まさないと知っていても、たいして広くもない天幕《てんまく》の中です。奥さんや子供達の寝息が、やけに耳についたのか、彼は落ち着かない様子でした。……私は楽しかったけれど。それまで、王子様以外の男の人と仲良くした事はありませんでしたし。

こっそり彼と仲良くするのは、ちょっとした冒険みたいで、ワクワクした気分を味わえて本当に素敵だったのですけど、オアシスに着いたところでお別れしました。そこから先の旅に私を連れて行くのは許さないと、奥さんが言ったんです。押し殺したような、恐ろしげな声で。それから、甲高い声で私を罵《ののし》り続けました。

結局、数日間の短い旅でした。私はもっと彼と仲良くしたかったのですけど、仕方ありません。そうして、私はまた一人になりました。砂漠のオアシスには、水だけは豊富にありましたけど、食べ物はほとんどありませんでした。旅人は少しばかり食料を残していこうとしていたのですが、奥さんが許しませんでした。酷い人です。だから、女の人は嫌いなんです。

それはともかくとして、取り残された私を助けてくれたのは、旅の商人でした。彼はラクダを何頭も連ねた隊商《たいしょう》を率いていました。お腹《なか》が空いて動けなくなっていた私に、彼はパンと干し肉を分けてくれました。

幸いな事に、彼に奥さんはいませんでした。もう何年も前に死んでしまって、子供達もとっくに独立したと彼は言いました。ええ、彼は王子様や旅人よりもだいぶ年上だったんです。少しばかり年を取っているといっても、よぼよぼのお爺《じい》さんというわけじゃありません。だから、私はすぐに彼と仲良くなりました。

いろいろな国を渡り歩いて、手広く商売をしてきたという彼は、たいそう物知りでした。王子様や旅人が知らなかった事も、彼は知っていました。そして、私にいろいろな事を教えてくれました。

彼と仲良くするのはとても楽しかったから、私は一緒に行く事にしました。「こんなアバズレ女を連れて行くだなんて、とんでもない！」なんてキンキン声で怒鳴る奥さんもいませんから、今度は連れて行ってもらえました。

それにしても、アバズレ女って、どういう意味だったのかしら？

こうして私はオアシスを離れ、隊商と共に旅をしました。でも、それも長くは続きませんでした。盗賊達に襲われたのです。砂漠を行く隊商を狙う盗賊団でした。

盗賊団のお頭《かしら》は、あっという間に商人を斬り殺してしまいました。彼の使用人達も次々に殺され、私だけが残りました。

それで、私は盗賊団のお頭と仲良くなりました。彼は私に、綺麗な宝石をくれました。あの商人から奪った品です。

もちろん、彼には奥さんも子供もいませんでした。盗賊団の中にも、女の人は一人だっていません。全員、男の人でした。それで、私は盗賊団と一緒に行く事にしました。

大勢の手下を従えているだけあって、お頭はとても強い男の人でした。王子様みたいに育ちがいいわけではないし、あの旅人みたいに優しくもないし、少し年を取った商人みたいに物知りでもありませんでしたが、腕力が強くて、体力のある人でした。

そんな人と仲良くするのは、最初はちょっと大変でしたけど、だんだん楽しくなりました。初めて王子様と仲良くして、私の小さな世界が広がったように、私は日々、新しい驚きに出会いました。毎晩毎晩楽しくて、夜が来るのが待ちきれないほどでした。

けれども、ある日、それは突然に終わりを告げたんです。

大きな大きな砂嵐に巻き込まれて、盗賊団はばらばらになってしまいました。気がつけば、私はまた一人きりで砂漠に取り残されていました。

でも、私は希望を失いませんでした。だって、私が困っていたら、手を差し伸べてくれる男の人が現れた。きっとまた誰かが私を助けてくれる。仲良くなれる男の人と出会えるはず……。

その考えは間違っていませんでした。塔から追い出されて、王子様と再会するまでの何年か、私は男の人達に助けられながら、砂漠で生き延びたのですから。

新しい男の人と出会って仲良くなるたびに、私は目を開かされる思いでした。

ああ、世界が広がっていくのって、なんて素敵なんでしょう！

＊

「この中に、男の人はいますか？」

目の前には、人間に少しだけ似た姿の化け物達。もしかしたらと思ったのだけれど、残念ながらハズレでした。身体に纏《まと》った襤褸《ぼろ》布の隙間から、胸の膨らみが見えたから。

「あなたは、女の人」

手にした杖を振り下ろして、攻撃の呪文を唱えました。そうです。私、魔法で攻撃できるようになったんです。

「あなたも、違う……」

女の人とは仲良くできません。お母様みたいに、私に嫉妬して、酷い事をするに決まってます。

「あなたは？　ダメね。わからないもの」

杖を振り下ろすと、犬ともオオカミともつかない獣は一瞬で黒焦げになりました。化け物の多くが獣の姿だったり、鳥の姿だったりして、男か女か区別がつかないんです。そんなモノとは仲良くできません。もしも、女だったらイヤだもの。

でも、誰とも仲良くしないなんて、そんなの耐えられない。砂漠に放り出されても、男の人と出会えたから、私は生きていけました。あの人達には、とっても感謝してるんです。彼らがいなかったら、王子様と再会する前に、私は死んでいたでしょう。

ライブラリにやってきて、どれだけ時間が経ったのかしら？　こんなにも長く、一人きりだなんて。まるで、王子様と出会う前に戻ったみたい。

ううん、そんなのイヤ！　戻りたくない！　王子様と出会う前になんて！

それに、今更、無理な話です。何も知らなかった頃には戻れない。

「男の人は、いませんか？」

早く、男の人に会いたい。仲良くしたい。本当は、一晩だって、一分だって、一人でいたくない。

塔にいた頃は、毎晩、王子様が来てくれた。塔から追い出された後は、旅人がいた。商人がいた。盗賊がいた。その後だって……。毎日、誰かが仲良くしてくれた。

一人でいるのは怖いし、不安だし……イライラするし。お腹の中に、何か悪いモノが溜《た》まってるみたいな？　毒のある虫か何かが棲《す》み着いたみたいな？　うまく言えません。でも、そのせいで、落ち着かないんです。

「ああ！　あなた、男の人ね！」

化け物から襤褸布《ぼろきれ》を剝ぎ取った私は、その下にあるモノを見て、思わず叫びました。正確には「人」じゃないけど、この際、構っていられません。

「仲良くしましょう?」

人間の言葉は通じないのか、化け物は鋭い爪を振り上げてきます。仕方がないので、魔法で腕を焼きました。暴れる足も焼きました。

「仲良くできるわよね?」

目を背けたくなるほど醜い顔だけど、私は精一杯微笑《ほほえ》んで見せます。なのに、化け物は牙を剝《む》いて唸《うな》り声を上げるから、仕方なく、魔法で顎《あご》を砕きました。

「仲良くしてくれるのね?」

やっと化け物はおとなしくなりました。私のほうも、これ以上は待てません。イライラして、モヤモヤして、頭がおかしくなりそう。

早く。早くして! 相手なんて、誰でもいい。男の人なら。人間じゃなくても。仲良くできるなら。そう、そうよ。うんと仲良くして。いっぱい、もっといっぱい!

「……ふぅ。あら?」

どれくらい時間が経ったんでしょう? いつの間にか、化け物は私の下で動かなくなっていました。仕方がないので、化け物の死骸《しがい》をその場に残して、立ち去りました。

でも、何だか、浮き浮きした気分です。身体の中に溜まっていた悪いモノが、きれいさっぱり消えていました。考えてみたら、誰かと仲良くするのは、本当に久しぶりだったんですよね。

人間の男の人達と違って、化け物は何も教えてくれなかったけど、私は自分で新しい事を覚えました。

自分で自分の好きなようにできるって、なんて素敵なんでしょう!

＊

以来、私はライブラリの中で、毎晩のように、男の人……いいえ、男の化け物と仲良くしました。ごめんなさい。少し嘘《うそ》をつきました。毎晩のようにじゃありません。一日中、何度も、です。だって、おとなしくさせた化け物はすぐに死んでしまうから、どんどん代わりを用意する必要があるんです。

ええと、その……代わりを用意しないと、私のほうが物足りないから。

化け物達は動けないから、何もしてくれないんですけど、その分、私が自分の好きなやり方で仲良くするんです。それが、すごく楽しくて。

ここだけの話ですけど、王子様は不器用な方でした。私、男の人は初めてだったから、長い間、気づかずにいました。あの親切な旅人と仲良くなって、王子様が不器用だったと知ったんです。旅人は手先が器用でしたから。

ただ、彼にも不満がなかったわけじゃないんです。なんていうか、彼のやり方って、単調?一本調子?ええと……。そう、創意工夫!それが不足気味だったのが残念で。せっかく手先が器用なのに。

物知りの商人と仲良くなって、私はそれに気づきました。商人は、いろいろなやり方を試してくれる人でしたから。

でも、商人は少し年を取っていたから、毎晩、仲良くするわけにもいかなくて。それが、物足りなかったんです。

盗賊のお頭は、強い人でしたから、いくらでも仲良くできました。ちょっと乱暴なところもあったけれど、それも刺激的で。ただ、飽きっぽいというか、あまり長続きしないというか……。

その後に出会った人達は、器用な人も不器用な人もいました。自分勝手な人もいれば、私の顔色を窺《うかが》うばかりの人もいました。誰かに不満があっても、別の誰かで満足すればいい、質が今ひとつなら量で補えばいい、みたいな考え方で、私は自分を宥《なだ》めていました。少し無理して、自分を納得させてたんだと思います。

でも、今は私が私の好きなようにできるんです。このライブラリでは、最初から最後まで。何ひとつ、我慢しなくていい。ね？　楽しくないはずがないでしょう？　不満なんて一欠片《ひとかけら》もありません。

新しい発見が、いくつもいくつもありました。私はますます楽しくなって、仲良くする相手はどんどん増えていきました。こういうのを、成長って言うんですよね？　小さな子供が育つにつれて、食べる量が増えていくみたいに、私も……。

小さな子供なんて見たこともないくせに、ですって？　そんな事ありません。私、子供がいましたから。男の子と女の子の双子です。私にそっくりの顔をした子供達。

だから、王子様は自分の子だと信じて疑わなかったみたい。でも、私にそっくりというだけで、王子様に似たところなんて、ひとつも無かったのに。ふふふ。

それはさておき。最初、ここは酷い場所だと思ってました。まるで牢獄とか地獄とか、実際に行ったわけじゃないけど、ライブラリみたいな場所なんだろうって想像してみたりして。でも、最近は、そんなにイヤじゃなくなりました。

ここには、仲良くできるモノがいくらでもいるんです。人間に近い姿でないとイヤだと思ってたりしたんですけど。よく考えてみたら、暴れないように手足を焼いたり切り落としたりするんだから、別に姿形《すがたかたち》はどうでもいいかなって。

あ、性別はハッキリしていないと困ります。これだけは譲れません。逆に言ったら、性別さえハッキリしていれば、人間でなくても、ちょっとくらい不気味な姿でも。私、そういう意味では寛大《かんだい》なんです。

だから、女の化け物は、一撃で粉砕。戦うのにも慣れて、魔法の力も、ずいぶん強くなりました。化け物の種類もしっかり覚えたから、遠くから見ただけで、仲良くできるかどうかわかります。必要な能力って、自然に発達していくものなんですよね。

能力だけじゃなくて……身体も変わりました。王子様と仲良くしたときから、私の身体って少しずつ変わっていたんですけど。最初は、それが不安でもあったんですけど、物知りの商人が、心配要《い》らないと教えてくれました。

男の人と仲良くなって、もっと楽しめるように、女の身体は変わっていくのが当たり前なんだよって。

だったら、ライブラリにいれば、姿形が変わっていくのも当たり前ですよね。だって、塔にいたときよりも、砂漠にいたときよりも、たくさん仲良くしているんだもの。ここには夜と昼がないから、一日中ずっと。仲良くする相手は、次々に現れてくれるし。まるで、湧き水みたいに、尽きる事なく。

でも、たくさん仲良くしているのに、もっともっと欲しくなるのは、どうしてなんでしょう？休んだり眠ったりする時間さえ惜しくなるのは、どうして？

私、もっと変わらなきゃいけないのかも？

引っ切りなしに欲しくなるのは、前よりもずっと楽しいから。手放したくないから。だから、私も今まで以上に変わらなくちゃ。もっともっともっと楽しくなるために。

男なら何でもいい。選《え》り好みはしません。それが人間でなくても、化け物でも、生きていても死んでいても、ぐちゃぐちゃでも……。

ねえ、仲良くしましょう？　いいえ、返事なんて要りません。さあ、早く。早く来て！

ふふふ……ウフフフ……フハァハハハ………

人魚姫

むかしむかしあるところに、人魚のお姫様がいました。お姫様は、深い深い海の底にある珊瑚《さんご》のお城で暮らしていました。

人魚姫のお母様は、姫を産んですぐに亡くなりました。けれど、人魚姫には優しいお父様とお祖母《ばあ》様もいましたし、小さな妹を競って可愛《かわい》がるお姉様達もいました。だから、少しも寂しくありませんでした。

人魚の国の掟では、十五歳になると、海の上へ浮かび上がって、外の世界を見る事が許されていました。空がどんなに青くて広いか、お日様がどんなに眩《まぶ》しいか、海鳥達の白い翼がどんなに美しいか、「船」というモノがどんなに大きいか……そんな話をお姉様達は幼い人魚姫に聞かせました。

とりわけ人魚姫が興味を持ったのは、「船」に乗っている「人間」という生き物の話でした。顔かたちは人魚とよく似ていて、そのくせ尾を持たず、二本の「足」を持つという不思議な生き物。おまけに、人間は人魚と同じ言葉を話すというのです。

人魚姫は、人間を間近に見てみたいと思いました。見るだけではなく、言葉を交わせたら、そして、友達になれたなら、きっと楽しいに違いありません。

待ちに待った十五歳の誕生日、人魚姫はお祖母様とお姉様達に見送られて、海の上へと旅立ちました。

ところが、海面から顔を出すなり、人魚姫は困惑しました。辺りは薄暗く、イヤな風が吹いています。青いはずの空は灰色で、眩しいお日様など、どこを探しても見当たりません。真っ黒な海面が高く低く蠢《うごめ》いています。それは、お姉様達の話には出てこなかった「嵐」でした。

やがて、風はますます強くなり、大粒の雨が降り出しました。高波の向こうに何かが見えます。人魚姫には、それがお姉様達の言っていた「船」だとわかりました。だとすれば、そこには「人間」がいるはずです。

荒れ狂う波間を泳いで、人魚姫は船のほうへと向かいました。早く人間の姿を見てみたかったのです。でも、波に邪魔されて、なかなか近づけません。

そのときでした。波に弄《もてあそ》ばれて船が大きく傾いたかと思うと、人間が投げ出されるのが見えました。人魚姫は、大急ぎで人間に近づき、沈んでいく身体を海面まで引き上げました。人間は水の中では生きられないと、お姉様達に教わっていたからです。

その人間は、たいそう綺麗《きれい》な顔の男の人で、人魚姫は一目で好きになりました。けれど、彼は目を閉じたまま、動きません。頬《ほお》には血の気がなく、手も氷のようです。せっかく水の中から引き上げたのに、このままでは死んでしまうかもしれません。助けなければ、と人魚姫は思いました。

ぐったりと重たい身体を支えながら、人魚姫は陸に向かって泳ぎ始めました……。

＊

あの嵐の夜、私が助けたのは、とある国の王子様でした。立派な服を着ていて、とても綺麗な顔だったけれど、死んだように目を閉じていました。

王子様の瞳は何色でしょう？　王子様はどんな声で話すのでしょう？　どんなふうに笑うのでしょう？

ちゃんと目を開けている王子様のお顔を見たい、と思いました。王子様と、お話ししたい。優しく微笑《ほほえ》んで欲しい。私を好きになって欲しい。私をお嫁さんにして欲しい……。

ああ、なんて欲張りな私！　でも、そう願わずにいられないほど、私は彼を好きになっていたのです。

本当は、彼が目を開けるまで待っていたかったのに、人魚の私が陸にいられるのは、ほんのわずかな時間。結局、一言も話せないまま、海の中に戻るしかありませんでした。

私は人魚で、王子様は人間。私は海の中でなければ生きていけず、彼は海の中では生きられない。愛されるどころか、側にいる事すら難しい。こんなにも好きなのに……。

だから、私は魔女の所へ行きました。人間になれる薬を調合してもらうために。そうすれば、水の外でも呼吸ができる。王子様に会いに行ける。人間になって、もう一度、王子様に会いたい。

私は、魔女にお願いしました。

「人間になれる薬が欲しいの」

「薬を調合するのは容易《たやす》いが、高くつくよ？　お前さんに支払う気はあるのかね？」

「何を払えばいいの？」

「その美しい声を」

「わかったわ」

私は強くうなずきました。人間になりたいという願いを叶《かな》えるためなのだから、声を失うくらい、仕方がないと思えました。それで王子様に会えるのなら、むしろ安い代価と言えるでしょう。

「だが、代償はそれだけじゃない」

「他には何を？」

「歩くたびに、刃物で切り裂かれるような痛みを伴う。なぜって、魚の尾を無理矢理、人間の足に変えるんだからね」

私は再びうなずきました。痛くても、苦しくても、人間になって王子様の側にいられるなら、我慢できる。そう思いました。

「だが、そこまでしても、王子がお前さんを選ぶとは限らない」

「ええ。そうね。そうかもしれない」

「心しておくがいい。もしも、王子が他の娘を選んだら、お前さんは人間でいられなくなる。人魚に戻る事もできず、海の泡になって消えてしまうのさ」

「構わないわ」

人魚の国でこそ私は王の娘だけれど、人間の世界では、どこの誰とも知れない女。将来、玉座を約束されている王子様とは、身分違い。会う事すらできないかもしれない。仮に会えても、王子様は私になんか目もくれないかもしれない。そうなれば、私は人間でいられなくなる。考えただけでも怖くて、震えが止まらなくなりそう。

けれど、それくらい甘んじて受けましょう。大それた望みを抱いたのは、他ならぬ私自身なのだから。

＊

海から上がって、私は波打ち際《ぎわ》に佇《たたず》んでいました。王子様のいらっしゃるお城は、いったいどこにあるのでしょう？　誰かに尋ねたくても、私は声を失っていました。何か方法はないものかしらと、私は一生懸命に考えていました。

ところが、そこへ王子様が通りかかったのです。なんて幸運な偶然でしょう。ただ待っていただけで、再会できたのですから。それだけではありません。

「なんて、可愛らしい人だろう！」

彼は私を一目見るなり、そう叫びました。またしても、幸運が重なりました。再び会えただけで十分に幸せだったのに、彼は私の手をとって、優しく微笑みかけてくれたのです。

「出会ったばかりだというのに、貴女に恋をしてしまったようです」

夢を見ているのではないかと思いました。王子様にまた会いたい、優しく微笑みかけてほしい、私を好きになってほしい、そんな欲張りな願いが次々に叶えられたのです。

二人で並んで海辺を歩きながら、王子様はいろいろな話をしてくれました。実は、王子様の住むお城は海のすぐ近くにある事。王子様のお父上である王様は、とても大きな船を持ってらっしゃるという事。お母上のお后様《きさき》は、その船の上で宴《うたげ》を催《もよお》すのがお好きだという事。どうやら、あの嵐の夜も、宴のために船を出していたようです。

他にも、たくさんお話をしました。お城の人々の事や、お国の事、異国の商人から聞いた事。私はうっとりした心持ちで、王子様の話に耳を傾けていました。幸せでした。たった今、海の泡になって消えても心残りはないと思えるほどに。

不意に、王子様の口調が変わりました。

「妻を娶《めと》らねばならない年齢になり、私は幾人もの姫君にお会いしました。だが、この人だと思える姫君には出会えませんでした」

やはり王子様は、何処《どこ》かのお姫様と結婚なさるのでしょう。いずれ王となる身分の方なのですから、当然です。つらくないと言えば嘘《うそ》になるけれど、私はもう十分でした。これ以上は望んでいませんでした。

ところが、彼は真剣な顔で言ったのです。

「どうか、私の妻になってください。可愛い人よ」

驚いて、私は彼を見つめ返しました。耳を疑いました。こんな事があっていいのでしょうか？

「私では不満ですか？」

私は大急ぎで首を横に振りました。とんでもない！　不満だなんて！　そんな事はあり得ません、絶対に。

「では、私の妻になってくださると？」

私がうなずくと、彼は嬉《うれ》しそうに私の手に口づけをしました。そして、優しく抱きしめてくれました。私は身体が震えるのを感じました。怖くなったんです。……幸せすぎて。

＊

王子様は私を城へ連れ帰り、王様とお后様に引き合わせました。言葉を発する事もできず、どこの誰とも知れない私を、最初、お二人は不審な目で見るばかりでした。

ところが、彼は諦めませんでした。粘り強く説得の言葉を重ね、ついには「どうしても認めてもらえないのなら、私は国を捨て、遠い異国でこの人と結婚します」とまで言い切ったのです。

とうとう、王様とお后様は私達の結婚をお認めになりました。

王子様に、また会いたい。会って、優しく微笑んで欲しい。私を好きになって欲しい。私をお嫁さんにして欲しい。そんな、身の程を知らぬ望みが、すべて叶えられたのです。私は、喜ぶよりも、ただただ呆然《ぼうぜん》とするばかりでした。

＊

王子様と私は結婚式を挙げました。王様もお后様も、国中の人々も祝福してくれました。

海の底では、お父様も、お祖母様も、たいそう喜んでくれたそうです。お姉様達が教えてくれました。お姉様達は、私にお祝いを言うために、わざわざ海の上まで来てくれたのです。

幸せな日々が続きました。一目で恋に落ちた相手が、いつも隣にいてくれるのです。優しい微笑みを浮かべて、愛の言葉をささやいてくれるのです。私はすべてを手に入れたのです。これ以上の幸せなんて、あるはずがありません。

そうです。決して、あるはずがないのです。なのに……。

いつからでしょうか。小さな違和感を覚えるようになったのは。一点の曇りもないほど幸せだったはずなのに、ほんの一滴、水に墨を落としたような、薄ぼんやりとした違和感がありました。それは、日に日に大きく、色濃くなっていったのです。それはやがて、はっきりとした輪郭を持って、私の心に影を落としました。

どうして？　こんなはずじゃなかったのに。私はたくさんの願いを叶えて、幸せになったはずだったのに。どうして、こんなに気が沈むの？　どうして、こんなにも……ああ、罰当たりな考えだとわかっているのだけど、どうして、こんなにも退屈なの？

海の底で、ただただ王子様に会いたいと願っていた頃が思い出されました。実るとは思えない恋に身を焦がしていた、あの頃。私は決して幸せではなかったけれど、幸せになろうと懸命でした。手の届かない高みへ、必死になってつま先立ちをして手を伸ばすような、そんな日々でした。

人間になるのと引き替えに声を失い、新たに得た二本の足は歩くたびに激痛をもたらした。それくらい、どうという事もなかった。引き替えに差し出すモノがあって、努力の余地がある。犠牲や忍耐、努力は、なんと貴《とうと》い事か！

ああ！　思い出しました。あの充実感を！　キラキラと輝いていた日々を！

そうです。ようやく私は自分が失ったモノの大きさに気づいたのです。奇跡のように願いが叶えられ、労せずして転がり込んできた幸せに惑わされて、深く考えようともしなかったけれど。

完璧な幸せとは、救い難い怠惰《たいだ》でした。牢獄にも似た退屈でした。私はそうとも知らずに、完璧を求めてしまった。本当に大切なモノは、不完全な世界にこそあったというのに。

＊

幸せになりたいと願う事。それは、正しい。幸せになるために努力する事。それは、正しく、貴い。けれども、幸せになってしまう事は正しくない。幸せになろうとする意思も努力も消えてしまうから。幸せは怠惰。幸せは堕落。幸せは不幸せ。そう、私は幸せになったから、不幸になった。

どうすればいいの？

そうね。完璧な幸せを壊せばいい。何かを失って、不完全になれば、私は再び幸せになろうと努力できる。

何を失えばいいの？

もう声は失っている。海の底で聞こえる如何《いか》なる音よりも心地よいと、お父様が褒めてくださった私の声。

だったら、髪は？　柔らかくて艶《つや》やかで、誰よりも美しいと、お祖母様が褒めてくださった私の髪。

ええ、もう要らないわ。捨ててしまいましょう、こんなモノ。引っこ抜いて、むしり取って、引きちぎってしまいましょう。これを無くしてしまえば、私はあの日々を取り戻せるはず。

鏡の前で髪を根こそぎにしている私を見て、侍女《じじょ》達が顔を引き攣《つ》らせました。なぜ、そんな顔をするんでしょう？　まるで、見てはいけないモノを見てしまったような、そんな顔は嫌いです。なんてイヤな人達！

ひと睨《にら》みすると、どうした事でしょう。侍女達はたちまち石になってしまいました。

私は驚いて、石になってしまった彼女達を見つめました。よくわからないけれど、私がやったのでしょう。

ああ！　ごめんなさい。ごめんなさい……。

ところが、彼女達の顔からは、さっきまで浮かんでいたイヤな表情が消えていたのです。代わりに別の表情が浮かんでいました。悲しみ？　いいえ、違う。苦痛？　それも、違う。憐《あわ》れみ？そう、それです。憐れみです。

侍女達は私を憐れんでいる。同情している。なんて可哀想なんでしょうって。

そう思った瞬間、不思議な感情が湧き上がりました。それは、とても心地よい感情でした。もっと同情されたい、もっと可哀想《かわいそう》と言われたい、と私は思ったのです。そこには私の求めているモノがある、そんな気がしたのです。

どうすればいいの？

もっと失って、不完全になればいい。声を失ったように、髪を失ったように、何かを失ってしまえば。

何を失えばいいの？

桜貝のようだねと、王子様が褒めてくれた私の爪。これ、要らないわ。捨ててしまいましょう。残らず剥《は》がして、海に帰してしまいましょう。これを無くしてしまえば、私は可哀想と言ってもらえるはず。

一枚一枚、爪を剥がして、海に捨てる私を見て、漁師達が悲鳴を上げました。なぜ、そんな声を出すんでしょう？　まるで、恐ろしいモノでも見てしまったかのような、そんな声は嫌いです。私は、可哀想と言われたいのに。

ため息をつくと、どうした事でしょう。漁師達はドロドロに溶け始めました。私は驚いて、彼らを見つめました。これも、私がやったに違いありません。

ああ！　ごめんなさい。ごめんなさい……。

漁師達は奇妙な声を上げて、溶けて崩れていきました。さっきのような、イヤな声ではありません。それどころか、どこか快い声でした。少し悲しげで、か細くて。

ああ、なんて甘い響きでしょう。そう、これを言われたかった。可哀想って。

漁師達は私を憐れんでいる。同情している。なんて可哀想なんだろうって。

不完全だから、何かが欠けているから、それを埋めようとして足掻《あが》く。必死に手を伸ばす。その姿は、とても健気で、悲しくて、儚《はかな》くて……綺麗。それが、可哀想という事。それこそが、私の求めるモノ。

もっと言われたい。可哀想と言われたい。

どうすればいいの？

もっともっと失って、もっともっと不完全になればいい。声を、髪を、爪を失ったように、何かを失ってしまえば。

何を失えばいいの？

どんな宝石よりも素敵と、お姉様達が褒めてくれた私の瞳。これ、要らないわ。くり抜いて、どこかへ放り投げてしまいましょう。これを無くしてしまえば、私はもっと可哀想になって、もっと可哀想と言ってもらえるはず。

もう何も見えないけれど、声が聞こえました。あの声は、王子様。ひどく取り乱した様子で、駆け寄ってくるのがわかります。何を狼狽《うろた》えているんでしょう？　そんなの、王子様らしくない。止《や》めて頂戴。

声のほうへと意識を向けた瞬間、何かが弾《はじ》ける音がしました。血と肉の臭いと、生温かさ。もう取り乱した声は聞こえません。

あら？　私、何をしたの？

手を伸ばすと、生温かくて、ヌルヌルしたモノがありました。すくい上げようとすると、それはズルリと指の間から流れ落ちました。よくわからない。わからないけれど、私がやったんだと……思います。

ああ！　ごめんなさい。ごめんなさい……。

最愛の王子様がぐしゃぐしゃに潰《つぶ》れてしまった。なんて可哀想。王子様は可哀想。でも、王子様を失った私はもっと可哀想。素敵！　なんて心地よい言葉なんでしょう！

もっと可哀想になりたい。何度も何度も、可哀想って言われたい。王様にもお后様にも、お城の人達みんなにも、可哀想って言われたい。

どうすればいいの？

わかってる。もっともっともっと、失えばいいのよ。声を、髪を、爪を、眼球を失ったように。最愛の王子様を失ったように。

何を失えばいいの？

大理石のように綺麗と、お后様が褒めてくれた私の肌。これ、要らないわ。捨ててしまいましょう。薄い衣を脱ぐように、頭のてっぺんから足のつま先まで、剥ぎ取ってしまいましょう。ふふふ……痛い。でも、素敵。痛くて、苦しくて。

イヤだわ。たくさん、悲鳴が聞こえる。逃げ惑う気配も感じる。大っ嫌い。みんな、要らない。王様も、お后様も。悲鳴も、呻《うめ》き声も、聞きたくない。

そうね、両の耳も要らない。捨ててしまいましょう。海の中に投げ捨ててしまいましょう。海の底まで届くように、力一杯、投げましょう。

そうだわ。最愛の王子様を失ったように、大切な家族も失ってしまえばいい。そうすれば、私はもっともっと可哀想になれるはず。

私は海へ飛び込みました。皮膚を失った私には、海の水がまるで煮えたぎった油のように感じられました。両の目を失った私には、懐かしい海の底の光景も、珊瑚のお城も、何ひとつ見えません。両の耳を失った私には、お父様の声も、お祖母様の声も、お姉様達の声も聞こえません。

でも、いいの。要らない。みんな、要らない。お父様も、お祖母様も、お姉様達も。

塩辛い海の水が、生臭くて苦い味に変わりました。可哀想なお父様。可哀想なお祖母様。可哀想なお姉様。ああ、なんて可哀想な私！

他には？　他に要らないモノは？　ええ、この両腕も要らない。人間の足も、要らない。骨も、ハラワタも、要らない。

たくさん、たくさん、失ってしまえばいい。うんと痛くて、苦しくて、辛《つら》くなればいい。声も、髪も、爪も、眼球も、耳も、皮膚も、手足も、骨も、ハラワタも、脳ミソも無くして、それから、それから……。

ほら、みんなが私に同情してる。みんなが言ってる。可哀想な人魚姫って。

どうして、わかるのかしら？　私にはもう、目も耳もないのに。でも、わかるの。変ね？　もしかしたら、これは夢なのかしら？

夢でもいいわ。幸せなんだもの。とても満たされた気分なのだもの。何もかも無くなって、ぐしゃぐしゃした肉の塊になってしまっても。海の水に溶けて消えてしまっても。

みんなが私に同情している夢を見られるなら。可哀想な人魚姫って、誰もが言っている夢を見続けていられるなら。

それダケで、私ハ、トテモ、幸セ……ナノ……デシタ……。

スノウホワイト

むかしむかしあるところに、それはそれは美しいお姫様がおりました。お姫様は雪のように色白だったので、スノウホワイトと呼ばれていました。

スノウがまだ幼い頃、母親のお后《きさき》様は亡くなりました。しばらくして、王様は新しいお后を迎えました。

新しいお后、スノウの継母《ままはは》は美しい女でしたが、気位《きぐらい》が高く、たいそう欲深でした。誰よりも豪華なドレスを纏《まと》い、誰よりも高価な宝石を身につけ、国中の人々を跪《ひざまず》かせ、世界中の男たちを我がものにしなければ気が済みませんでした。

継母は不思議な鏡を持っていました。全身が映る大きな姿見です。

「鏡よ鏡、この世で一番美しいのは、だあれ?」

姿を映しながら尋ねると、鏡は答えました。

「この世で一番美しいのは、お后様」

継母は満足でした。鏡は決して嘘《うそ》をつかないからです。ところが、それから数年が経ったある日、鏡はこう答えました。

「この世で一番美しいのは、スノウホワイト」

幼いばかりだったスノウも、今ではすっかり美しく成長し、継母の美貌を凌《しの》ぐほどになっていたのでした。

妬ましさのあまり、居ても立ってもいられなくなった継母は、狩人にこう命じました。

「スノウを撃ち殺しておしまい」

狩人はスノウと二人で森の奥へ行き、一人で戻ってきました。継母は大喜びで、鏡に尋ねました。

「鏡よ鏡、この世で一番美しいのは、だあれ?」

「この世で一番美しいのは、森の奥に隠れているスノウホワイト」

怒り狂った継母は、家臣に命じて狩人の首をはねさせました。そして、物売りの老婆に化け、森の奥へと行きました。

スノウは、森の奥の小さな家に隠れていました。老婆に化けた継母は、林檎《りんご》をひとつ、差し出しました。

「赤くて、美味《おい》しい林檎はいかが?」

スノウは、用心深く林檎を見ると、首を横に振りました。

「毒でも入っていやしないか、お疑いかえ?　ならば、二人で半分にしよう」

老婆に化けた継母は、林檎をナイフで真っ二つに割りました。

「さあ、お食べ」

老婆に化けた継母は、半分に切った林檎を差し出します。スノウは、じっと老婆を見つめました……。

＊

「ほら、毒なんて入ってやしないよ」

林檎の半分を囓《かじ》りながら、醜い老婆は笑っていた。

「おまえさんも、お食べ……」

不意に老婆の顔が歪《ゆが》んだ。歯形の付いた林檎が地面に落ちる。

「どう…し…て……」

呑《の》み込んだばかりの林檎を大量の血と共に吐きながら、老婆はその場に倒れ、のたうち回った。いつの間にか、その顔は老婆ではなく、私の見知った顔になっていた。そう、あの腹黒くて高慢な継母の顔に。

「どうして？　そんなの、簡単な事。貴女だとわかっていたから」

継母の顔が苦痛とは別の形に歪む。

「魔法で姿形を変えたとしても、その邪悪な気配だけは変えようがない」

とっくの昔に、気づいていた。真っ赤な林檎を手にして現れたときから。皺《しわ》だらけの枯れた顔にそぐわない、ぎらぎらと光る眼。いつも私に向けていた、憎しみが滴《したた》り落ちているかのような眼。

継母は狩人を使って私を殺そうとしたけれども、失敗だった。狩人は正しい心の持ち主だったから、私を殺せなかった。森の奥に私を置いて、走って逃げていった。ご命令どおりに姫を殺しましたと、狩人は嘘の報告をするつもりでいたのだろう。

けれど、正直な彼に嘘がつけるかどうか。……無理だろう。きっと彼の嘘は継母に見抜かれてしまう。

私が生きていると知ったら、継母は狩人を殺し、別の刺客を差し向けるはず。だから、警戒を怠らなかった。森から出て城へ戻る事もできたけれど、身を守るにはここに留《とど》まるほうがいいと判断した。

殺されるわけにはいかない。継母は、私利私欲で国を動かしている。私という歯止めが無くなれば、彼女はさらに暴走するだろう。

誤ったモノは正さなければならない。悪しきモノは退治しなければならない。それができるのは、私だけ。

継母が手にしていた林檎を、私はすばやくすり替えた。姿形を変える魔法は使えなくても、ちょっとした目眩《めくら》ましくらい、私にだってできる。

油断しきっていた継母は、すり替えられているとも知らずに林檎を食べた。私に食べさせるはずだった半分を。結果は私の予想どおり。

やがて、継母は動かなくなった。恨めしげな表情を浮かべたまま、死んだ。

気に入らぬ者は容赦なく投獄し、処刑し、お気に入りの者達だけに地位を与え、国庫の金を分け与えた。民から搾り取った血税で肥え太っていった、継母とその取り巻き達。民にとっての寄生虫であり、国にとっての病巣。それを駆除し、切除するのが、王の娘に生まれた私の務め。

「これで……この国は救われる」

急いで城へ戻ろう。まだ私には為《な》すべき仕事が山のようにあるのだから。

＊

密かに城へ戻った私は、父上の寝室へと向かった。父上が執務室や玉座の間に足をお運びにならなくなって久しい。もう長い事、病に伏せっておいでなのだ。

否、病ではない。継母が盛った毒のせいだった。父上を誑《たぶら》かし、まんまと后の座を手に入れたその日から、彼女は少しずつ父上に毒を飲ませていた。

初対面のときから、私は警戒していた。愛想笑いを顔に貼り付けた女が腹の底で何を考えているか、推し量っていた。窓の手すりに傷が入っていないか、階段にロウが塗られていないか、食べ物や飲み物に異物が混入されていないか、常に目を光らせていた。

だからだろう、彼女は食事にではなく、寝室の水差しに毒を入れた。王と后の寝室とあっては、娘の私とて妄《みだ》りに足を踏み入れるわけにもいかず、継母の企《くわだ》てを阻止できなかった。

ようやく私が気づいたときには、父上のお体は毒に侵されていた。私は毎日、解毒剤を父上に差し上げていたけれど、焼け石に水だった。継母は何らかの手段で毒を盛り続けていたらしい。

やがて、寝たきりになり、最低限の政務すら執れなくなった父上は退位され、継母がこの国の女王となった。

権力を手にした継母は、父上の側近を一人、また一人と追放し、自らの息の掛かった者達を一人、また一人と要職に据えていった。父上が治めていた国が食い荒らされていくのを、私はただ見ているしかできなかった。彼女に対抗するには、私はまだ幼すぎたのだ。

でも、今は違う。私は無力な子供ではなくなったし、何より、諸悪の根源である継母は死んだ。

「父上。只今、戻りました」

私の姿を見るなり、父上は驚かれた様子だった。どうやら継母は、私が不慮の事故で死んだとでも言っていたのだろう。驚きが過ぎたのか、父上はひどく咳《せ》き込んだ後、ぐったりと目を閉じてしまわれた。

「どうぞ、お心安らかに。国の事は私にお任せください」

目を閉じたまま、父上はうなずいた。そのお姿があまりにも痛々しくて、私は継母が死んだ事を告げずに部屋を出た。

＊

私が次に向かったのは、継母の私室だった。彼女が盗んだモノを取り返さなければならない。だが、私を阻む者がいた。女王の警護を任されている衛兵が二人。彼らはまだ、女王の死を知らないのだ。

「そこをどきなさい」

「どなたも通してはならないと、女王様のご命令で……」

女王の死だけでなく、彼女が私室を密かに抜け出していた事も知らない。衛兵達は、女王がまだ私室にいると思い込んでいる。

「女王は亡くなりました」

二人は揃《そろ》って顔色を変えた。疑念と驚愕《きょうがく》とが相半ばした顔だった。職務に忠実なのか、死んだと聞かされても女王が恐ろしいのか、それでも彼らはその場を動こうとしない。仕方なく、私は右手を挙げた。

「この二人を捕らえなさい」

武装した者達がなだれ込んできて、二人の衛兵を取り囲んだ。

「こ、これは⁉　姫様⁉」

単身丸腰で戻ってくるほど、私は考え無しではない。森に潜伏している間、女王に追放された重臣達と連絡を取り合っていた。無実の罪で処刑された者達の親族も、私に味方してくれた。数は少なくても、皆、正しい心を持った者ばかりだ。

「姫様、お待ちください！　私はただ、命じられた事を……」

「問答無用！」

二人を捕縛させ、私は継母の私室へと踏み込んだ。怪しげな薬瓶や書物、奇妙な文字を記した羊皮紙、宝石を詰め込んだ手箱、そして、この国の権威を象徴する宝冠。

冠を手にしてみたものの、継母のように自ら頭に戴こうとは思わなかった。これはまだ、私のモノではないから。私は、この国を正しい姿に戻して、父上にお返しするだけ。

「宝石は売り払い、他の持ち物はすべて燃やしてしまいなさい」

継母が溜め込んだ宝石を換金して、貧しい人々に配ろう。飢えに苦しむ民が一人でも減るように。民が飢えるなんて、間違っている。真っ当に働く者は皆、食べ物に事欠かない生活を送っていなければならない。それが国の正しい在り方なのだ。

「これ以後、我が国の軍は末端の兵に至るまで、私の指揮下に置くものとする！　従わぬ者は、謀反を企てたと見なす！」

この場に集う者達が一斉に跪いた。彼らはこれからも私の為に、否《いな》、国の為に働いてくれるだろう。

「姫様、女王の側近の処遇は如何《いかが》なされますか？」

「捨て置く。……今はまだ」

重臣達の首を一度にすげ替えるほど、私の手駒は多くはなかった。だから、まず軍を押さえた。軍さえ掌握しておけば、少ない手駒でもやりようはある。

「しかし、連中が良からぬ事を企てては……」

「そのときは厳罰に処すればいい。それより、優先すべき問題が山積《さんせき》している」

それに、継母の取り巻きの中にも、改心する者が出てくるかもしれない。過去を悔いて、自ら行いを改めようとするのなら、その者は悪とは言い切れない。正しくあろうとする者まで罰するのは間違っている。

そういった者達に必要なのは、罰ではなく、導きだ。

この国は、病んでいる。腐敗した政治と、荒んだ人心と。あらゆるモノが歪み、病みきっている。だから、私はこの国を治そう。病ならば、必ず治る。適切な治療を施しさえすれば。

＊

この世には治せぬ病もあるのだと思い知らされた。どれほど手を尽くしても、言葉を重ねても、腐りきった心を正しい心に戻す事はできないのだ、と。

結局、私は重臣達の多くを処刑しなければならなかった。彼らは既得権益を手放そうとしなかった。それどころか、私に従う者達、正しい心の持ち主達に「病」を感染させようとした。多額の金を握らせたのだ。

残念な事に、感染者の数は相当数に上った。こっそりと賄賂《わいろ》を受け取る者が後を絶たなかったのだ。私は彼らをも処刑しなければならなかった。彼らは骨の髄まで悪に染まりきってしまって、手の施しようがなかった。

なぜ、人は、金という不健康で不衛生な代物に、こんなにも弱いのだろう？　そして、なぜ、堕落という病は、こんなにも進行が早いのだろう？

「情けない……」

病の蔓延は、城の中だけではなかった。平気で粗悪品を作り続ける職人に、その粗悪品を高値で売りつけようとする商人。農民は小麦の目方を誤魔化し、子供までもがスリや引ったくりに精を出す。

これ以上、病が広がっていく事は何としてでも食い止めなければならない。けれども、病巣を切除する事、治る見込みの無い者達を処分していく事の他に、何ができるというのか……。

鬱々《うつうつ》として毎日を過ごす私の許《もと》へ、たったひとつだけ、喜ばしい知らせがもたらされた。それは、父上のお体が快方に向かっているという報告だった。もっとも、毒を盛り続けていた女王がいなくなったのだから、当然といえば当然だ。

父上が全快されたら、玉座に戻っていただくつもりでいるけれども、この国の惨状を見て何と仰《おっしゃ》るだろうか。悲嘆のあまり、またも伏せってしまわれるかもしれない。父上が再び国を統《す》べる日の為に、私は病の駆逐《くちく》に邁進《まいしん》した。

まず、城の者達も、民達も、互いに監視させる事にした。これまでにも、職務を怠《なま》けていないか、不当な利益を上げていないか、注意していたけれども、私や長の肩書きを持つ者だけではどうしても目が届かない。

身近な者同士で監視し合うようにすれば、悪しき兆しを見つけやすいだろうし、何より、周囲の目を意識して、正しく行動するようになるだろう。

この病は、すぐに手遅れになる。だから、ほんのわずかな兆候も見逃してはならない。可能な限り発症する前に見つけ出し、叩《たた》く。病の蔓延《まんえん》を止めるために。

＊

ひそひそと声がする。回廊の片隅から。

「なぜ、ここまで惨《むご》い事をなさるのだろう？」

「やり方が無茶苦茶だ」

陰口を叩いている者達がいるのは知っていた。私のやり方に不満を持つ者達がいるのもわかっていた。

「誰彼構わず投獄し、処刑するなど」

「女王そっくりじゃないか」

あの声は……まだ森の奥に潜伏していた頃から私に従ってくれた者達。なぜ、彼らが？　彼らは誰よりも正しかったはず。継母の側近達からの賄賂も退け、ひたすら己の為すべき仕事を続けていた。誰よりも、私に賛同していたはずだった彼らが、なぜ？

よりにもよって、女王そっくり、だなんて。酷《ひど》い……。

「お考えを改めていただけないものだろうか」

「しっ。誰かに聞かれたらどうする？」

「そうだな、密告されたら終わりだ」

でも、私は聞いてしまった。彼らは、私に反旗を翻そうとしている。彼らは、間違っている。彼らは、もはや正しい者ではなくなった。

私はそっとその場を離れた。彼らを罰する手立てを考えながら。

＊

ひそひそと声がする。父上の寝室の中から。

「早く、玉座にお戻りになってくださいまし」

「案ずる事は無い。あと幾日かすれば、床《とこ》を離れられる」

いけれど。

「幾日？　一日も早く、でございますよ。これ以上、姫様の好き勝手にされては」

あの声は……女？　誰だろう？　父上に取り入ろうとしている女は？　女官の誰かには違いな
「そう言うな。潔癖なところはあるが、根は悪い娘ではないのだ」

「いいえ！　心根はどうあろうと、姫様の行いが国を傾けているのは事実です！」

「あれの母親も困ったところがあったが……」

「皆が刑罰を恐れ、密告に怯《おび》えています。もはや一刻の猶予もならぬかと」

私が好き勝手をしている？　好き勝手な事を父上に吹き込んでいるのは、おまえのほうじゃないの！　一刻の猶予もならない？　そうね、一刻も早く、おまえを退けなければならないわね。でないと、父上が。父上が……また過ちを犯してしまう。

父上は、あの継母に后の地位を与えた。それはかりか、王位まで譲ってしまわれた。あの女の本性を見抜けなかった。父上は人が好すぎるから。いいえ、父上は愚かだから。女の色香に惑わされるなんて！

私はようやく気づいた。父上には、この国を統べる資格が無かったのだ、と。

ああ、けれど。どうしたらいいんだろう？　お体が回復すれば、父上は政務への復帰をお望みになるに違いない。王の器にあらざる者が再び王位に就くなど、間違っている。正しくない。けれど、その正しくない者が私の父なのだ……。

父上の寝室を離れた後、どこをどう歩いたのか、定かではなかった。いつの間にか、私は継母の私室にいた。城へ戻った最初の日も、父上の寝室の次にここへ足を運んだ。あの日から、私は病んだこの国を治す為、必死になって働いてきたのに。

継母の私室は、がらんとしていた。調度品はすべて運び去られ、絨毯《じゅうたん》は剥がされ、カーテンも外されていた。宝石は売り払い、それ以外はすべて焼き捨てるようにと命じたのは、私自身だ。

「鏡？　どうして？」

なぜ、壁の鏡だけが残っているのだろう？　うっかり見落とした？　そんなはずはない。全身が映る、大きな姿見が目に入らないなんて、あり得ない。

いや、継母が魔法で隠していたのかもしれない。彼女が死んだ直後はまだ魔力が残っていたから見えなかったけれど、今はすっかり消えてしまって、見えるようになった、とか？

いずれにしても、目障りだった。私は鏡へ歩み寄った。護身用の短剣を振り上げる。

「こんなモノ！」

叩き割ろうとした瞬間、鏡の中の私が目を見開いた。背後に何かがいる。

「誰⁉」

振り返ったが、誰もいない。

「嘘……⁉」

鏡には、黒い影のようなモノが映っている。それは、馴《な》れ馴《な》れしく私の肩に手を回しているようにも見えた。

『すのうほわいと、すのうほわいと、オマエハ、正シイカ？』

「喋った⁉」

人の形に似ていても、顔も無ければ口も無い。なのに、どうやって声を出しているのだろう。おまけに、声のほうに目をやっても、やはり何も無い。この黒い影は鏡にしか映らないらしい。

『すのうほわいと、オマエハ、正シイカ？』

「そんなの、決まってる」

私は即答した。なのに、黒い影は同じ問いを重ねてくる。

『オマエハ、正シイカ？』

「私は間違ってなどいない！」

『正シイカ？』

少なくとも間違ってはいなかった、はずだ。

『正シイカ？』

心が揺れるのを感じた。私は間違ってはいなかった。でも、私は正しかったのだろうか？

『正シイカ？』

私は答えられなかった。不意に、黒い影が姿を変えた。それは、真っ赤な林檎を手にした老婆だった。

『サア、オ食べ』

真っ二つに切った林檎を老婆が囓る。継母自身が仕込んだ毒林檎。それをすり替えたのは私。この国を守る為だった。彼女を殺して、国と民を守るのが私の務めだったから。

『毒デモ入ッテイヤシナイカ、オ疑イカエ？』

老婆が笑う。耳障りな声で。

『毒ヲ入レタノハ、私。ケレド、毒デ殺シタノハ、オマエ』

「仕方ないじゃない！　だって、あのとき貴女を殺さなかったら、私が殺されてた！」

老婆が笑う。嘲《あざけ》るように。

『オマエハ、正シイカ？』

「うるさい！　うるさい！」

国の為でも民の為でもない。私は自分を守る為に、継母を殺した。それは、間違っていなかったかもしれないが、正しくもなかったのではないか？

『姫様、オ待チクダサイ！　私ハタダ、命ジラレタ事ヲ……』

いつの間にか、老婆は衛兵に姿を変えていた。あの警護の衛兵の一人だ。衛兵達は捕縛された後、拷問にかけられた。夜となく昼となく続く苦痛に耐えかねた彼らは、女王がさらなる圧政を敷くべく動いていたと証言した。

『鞭《むち》デ打チ、骨ヲ砕キ、爪ヲ剥イダ。都合ノ良イ証言ヲ引キ出ス為ニ』

継母の取り巻き達の力を手っ取り早く削《そ》ぐには、彼女が国を傾ける暴君であればいい。それには、誰の目にも明らかな証拠が必要だった。或いは、証人が。

『オマエハ、正シイカ？』

「知らない！」

『正シイカ？』

「知らないったら！」

黒い影はさらに形を変える。私が罰してきた者達の姿へと。

継母お気に入りの大臣、何の武功も無い肩書きだけの将軍、幾人もの妾《めかけ》を囲っていた僧侶、賄賂に目が眩んだ役人、正しさを捨て堕落した者達、それから……。

『すのうほわいと、オマエハ、正シイカ？』

だって……他に方法が無かったのだもの。平気で不正を働く者達を元に戻すなんて、できなかったんだもの。支払いを誤魔化した者と、支払う金額を間違えた者とをどう見分ければいいか、わからなかったんだもの。仕事を怠けた者と、体調を崩して仕事ができなかった者をどう区別すればいいのか、わからなかったんだもの。飢えた子供に与える食べ物を盗んだ親に、何をしたらいいのか、わからなかったんだもの。だから、全員罰した。公平に罰した！　それの何が悪いの⁉

『すのうほわいと……すのうほわいと……』

黒い影が、再び継母の姿へと変わった。美しさを鼻に掛け、私への憎しみを隠そうともしなかった、あの邪悪な顔。そう、邪悪。その言葉を体現したような、顔。

『アア、ナンテ恐ロシイ子！　行ク末ガ案ジラレル！』

「やめて！」

そんな目で私を見ないで！　その目は……その目は……。

『偽善者！』

「お母様、やめて！　私はそんな……。え？」

自分で自分の言葉に戸惑う。たった今、己の口から出た言葉。お母様。お母様？

そうだった。今まで忘れていたけれど、忘れたつもりになっていたけれど、思い出した。この女は継母ではなく、私の生母《せいぼ》。血の繋《つな》がった母親だった。

『オマエハ、人ノ心ヲ理解デキナイノネ。ナンテ冷タイ子ナノデショウ』

幼かったあの日、彼女は化け物でも見るような目を私に向けてきた。私はただ、正しくない事が許せなかっただけなのに。

『コノ子ハ狂ッテル……！』

なんて酷い言葉！　実の娘にそんな言葉を投げつけるなんて！　実の娘を化け物扱いするなんて！　そんなの、母親として間違ってる！　正しくない！

ああ、そうか、この女は実の母親じゃない。わかった。この女は継母。私の本当のお母様はもう、亡くなってたんだ。私が物心つく前に亡くなってしまわれたから、お父様は新しい后を娶《めと》られた。正しく美しいお母様の後にやって来たのは、邪悪で強欲な継母。そう自分に言い聞かせてきた。いつしか、そう思い込んでいた。

でも、「正しく美しいお母様の顔」が、今となっては全く思い出せない。それもそのはず、そんなモノは最初から無かった。最初から私の母はただ一人。今、鏡に映っている女。

『正義ヲ振リカザスノハ、気分ガ良イダロウ？　デモ、オマエハ間違ッテイル』

私が？　間違っていた？　正しくなかった？

『オマエハ、正義ジャナイ』

鏡の中の母が姿を変えた。今度は、私そっくりの顔に、黒い衣装を纏った姿で。それは、邪悪そのものの表情を浮かべて、ぴたりと私に貼り付いた。不愉快極まりない声が耳に流し込まれる。

『真実ヲ捻《ね》ジ曲ゲテ、自分ヲ正当化シテイルダケ』

「そんな！」

『オマエハ、実ノ母ヲ殺シタ。ソレハ、正シイカ？　ソレハ、罪ダ！』

「やめて……もう、やめて。お願い……」

もう一人の私、真っ黒な私が私の皮膚を食い破る。真っ黒な手がハラワタを引きずり出し、心臓を掴み出す。オマエハ正シイカ、オマエハ正シイカ、と執拗《しつよう》に問いかけながら。

「やめテ……お願イ……ヤメ……」

鏡に映る私の姿が変わっていく。引きずり出されたハラワタが闇の色に変わり、全身にまとわりつく。掴み出された心臓が膨れ上がり、真っ赤な炎に包まれる。棘の生えた植物にも似たモノが蠢《うごめ》いている。毒々しい色のそれは、花？　葉？　わからない。ただ、身体が異形へと変貌を遂げているのはわかる。だが、それはどこか心地よくて、抗《あらが》えない。意識が押し流されそうになる。

私は正しくなかった？　私は間違っていた？　母を殺した事も、罪無き兵士を拷問に掛けさせた事も、重臣達を処刑した事も、多くの民を捕縛した事も……何もかも、間違っていた……のカモ、シレナイ……。

「チガウ！　違ウ！　違う！」

違う！　認めるものか！　絶対に認めるものか！

「私は間違ってなんかいない！」

母は正しくなかった。だから殺した。衛兵達はその母に従っていたから、正しくなかった。だから殺した。重臣達は母に取り入って財を得ていたから、正しくなかった。だから殺した。だから殺した。だから……！

「私は誰よりも正しい！」

ずっと正しい事を続けてきた。物心ついたときから、正しくない事を排除し続けてきた。周囲の者達にも、決して不正を許さなかった。何人もの侍女を罰した。母はそれを罪であるかのように騒ぎ立てた。ただそれだけだ。

「失せろ！」

黒い影が一瞬にして消え去った。鏡の中には、元のままの私の姿がある。純白の雪のように清廉潔白である事。それが私。正義である事。それが私の生き方。

「行かなければ」

王の器にあらざる者が玉座に戻る事を阻まねばならない。父上を誑かそうとした女を罰し、父上ご自身にも罰を受けていただく。たとえ実の父であっても容赦はしない。手心を加えるなんて、正しくないから。

「正義の為に」

鏡を叩き割る。笑みを浮かべた私の顔が、粉々に砕け散っていった。

黒ノ寓話

SINoALICE

［ドロシー　観察と探求の記録］

数百回にわたる試行錯誤の結果、どうやら起動に成功したようです。

「加速！」

機械が唸《うな》りを上げます。やかましい起動音と不規則な揺れが、やがて安定した稼働音へと変わりました。

周囲の景色が歪《ゆが》んでいきます。ぐにゃぐにゃと、あり得ない形に。草原の緑と空の青も、赤とも紫ともつかない禍々《まがまが》しい色に。

当然です。オズの国は大きな大きな砂漠の先にあります。その遠大な距離を短時間で越えるには、ただ移動すればいいってもんじゃありません。時空間に干渉して量子特異点をアレして、コレして……まあ、要するにですね、ややこしい手順と計算とを使って、効率よく移動しているんです。

ほーら、もう着いた！　機械の稼働音が止まり、静寂が訪れます。周囲の景色は、もう歪んでなんかいません。懐かしい風景が広がっています。ここは、紛れもなくオズの国、エメラルドの都です！

「おや？　妙に静かですね？」

賑《にぎ》やかに行き交っているはずの、小さな種族《マンチキン》が見当たりません。辺りは、

[redacted]

しんと静まりかえっているばかり。みんな、どこへ行ってしまったんでしょう？

「あ……。なぁんだ」

よくよく考えてみたら、私、マンチキン達を手当たり次第に捕まえて、実験に使ったのでした。たくさん実験をしたから、帰る頃にはマンチキン達もほとんど姿を消してしまったんですよね。もしかしたら、まだ何体かは残っているかもしれませんが。

オズの国が実在する証拠のひとつとして、マンチキンを標本にして持ち帰るつもりでしたけど、予定変更です。他の証拠を探さなきゃいけませんね。

「何か証拠になるモノは、と。ん？　アレは……？」

何気なく空を見上げた私は、首を傾《かし》げました。空に大きな裂け目が走っているのです。その裂け目が、ぐにゃりと歪みました。そう、機械で時空間に干渉したときと同じような現象が起きているのです。

「でも、おかしいですね。機械は今、停止していますし」

やがて、歪んだ裂け目から何かが流れ込んできました。流れ込んでくるように見えました。

「もしや、アレは別の世界？」

しかも、気がつけば、至《いた》るところに裂け目が生じているではありませんか！　どれも、似たような形に歪み、何かが流れ込み、繋がっているようです。ということは、複数の世界がここ、オズの国と繋《つな》がっているのではないでしょうか？

「興味深い！　これは、ものすごぉぉぉぉぉく興味深い現象ですよ！」

なんという素晴らしくも不可思議な現象でしょう！　それを目の当たりにできるなんて！

ここへ来たのは、私を馬鹿にした大人達を見返してやりたい一心でしたけど、まさか、これほどの幸運に恵まれようとは思いもしていませんでした。未知なるモノと出会い、それを解き明かす。**探求**。これです！　探求こそ私の生きる道、すべてなのです！

「そうだ、記録しなきゃ」

どんな実験も観測も、記録しなければ意義を失ってしまいます。幸い、記録のための道具は持ってきていました。オズの国が実在するという証拠を持ち帰るために、私は音声や映像を記録する機械を用意していたのです。

気がつけば、空も、町も、原型を留《とど》めていませんでした。幾つもの世界が一度に繋がってしまったのですから、無理もありません。私はその光景を記録すべく、機械を構えました。

「え？」

何が起きたのでしょう？　突然、目の前が暗……

「マダ足リナイヨゥ。マダ、オ腹ガ空《す》イテルヨゥ」

「三匹の子豚　どこまでも暴食」

わたし達は、三匹の子豚。いつも一緒の仲良し姉妹。ひとつになって大きくなって、ぶくぶくになった仲良し姉妹。

でも、お腹が空いてたまらない。ねえ、食べ物はどこ？

「モット、食ベタイ」

「マダマダ、食ベタイ」

「イッパイ、食ベタイ」

だから、何でも美味《おい》しく食べる。目の前にあれば、何でもパクリ。眼鏡を掛けた女の子も頭からパクリ。むしゃむしゃ。

「マダ足リナイヨゥ。マダ、オ腹ガ空イテルヨゥ」

痩せっぽちの女の子一人だけじゃ、全然、足りない。もっと食べたい。お腹いっぱいになるまで食べたい。お腹いっぱいになっても食べたい。お腹がはち切れても食べたい。死んでも食べたい。食べたい食べたい食べたい！

それが、わたし達の願い。**暴食**って大好き。暴食って楽しい。

食べ物はどこ？　何か食べるモノは？

「見ィツケタ！」

大きな大きなお肉の塊。誰かに横取りされる前に、早く食べなきゃ。早く！

「人魚姫　悲哀、その儚《はかな》きモノ」

ここはどこ？　海の中じゃないのは確かだけど。それ以上は、わからない。

だって、もう私には目も耳も無いんだもの。人魚だった頃にあった尾はもちろん、人間の足も、鼻も口も髪も皮膚も爪も骨もハラワタも、何もかも無くなってしまったんだもの。

ああ、なんて可哀想《かわいそう》な私！

何もかも失って、ぐしゃぐしゃの肉の塊になって、それでも生き続けてる。

なんて不幸な定めなのでしょう！　悲しくて、儚くて、可哀想な私。

あら？　何かが近づいてくる？　よくわからないけど、気配を感じる。前と後ろから、ひとつずつ。

可哀想な私に同情しているの？　それとも、私をもっと可哀想にしてくれるの？

どちらも素敵。もっと可哀想って言われたい。もっと可哀想になりたい。悲しくて綺麗《きれい》なモノになりたい。世界中の人達に涙を流させたい。**悲哀**。

ああ、その言葉。悲哀。私が求めて止《や》まないモノ。

ねえ、可哀想って言って？　私には聞こえないけど。ねえ、涙を流して？　私には見えないけど。

「ア……アア……」

消える？　私が消える？　なんて可哀想な私！　なんて幸せな……

［いばら姫　永遠と夢と**睡眠**と］

目を開けたら、おかしな場所だった。私、お城の中で眠ってたはずなのに。ふわふわの羽根布団《ぶとん》にくるまれて、かぐわしい花の香りに包まれて。なのに。街みたいな、廃墟《はいきょ》みたいな、荒れ果てた光景。空はちっとも青くなくて、お日様も見えない。おまけに、怪物？　魔物？　巨大で奇妙な生き物が、腐ったみたいな肉の塊を貪《むさぼ》り食ってる。見てるだけで気持ちが悪い。

もしかして、これも夢なの？　そうよね、きっと夢。今まで見た中で一番、不愉快な夢だけど。

イヤな夢なら、もう一度、眠ってしまえばいい。夢の中でも、眠ってしまえば、別の夢に変わるから。

それに、眠くてたまらない。眠りたい。いつまでも眠っていたい。**睡眠**、それは私にとって何より大切なコト。美味しいご馳走《ちそう》を食べるより、綺麗な服で着飾るより、私はぐっすり眠りたい。

だから、さっさと眠りましょう。化け物なんか無視して、眠ってしまいましょう。……と思っていたのに。

「○×△……××○！」

[redacted]

怪物の声で目が覚めた。やたら甲高くて、気持ち悪い声。おまけに、怪物はこっちに向かってくる。

ああもう、うるさい！　あっちに行って！　これじゃ、眠れやしない。うるさくて醜い怪物なんて、いばらの棘《とげ》で追い払っちゃえ！　ざくざく刺して、穴だらけにしちゃえ！

「△□○○！　××！」

イヤだ。あの怪物、いばらの蔓《つる》を食ってる。ざくざく刺されてるのに、口や手が穴だらけなのに、食ってる。肉の塊と同じように貪り食ってる。ギャアギャア叫びながら、食い散らかしてる。

気持ち悪い。うるさい。邪魔。私、眠いのに。

痛っ。何か硬いモノを踏んだみたい。足の下で、グキリと音がした。腹が立つ。嫌い。全部、怪物のせい。イヤな夢を見るのも、足の裏が痛いのも。

死んじゃえ！　死んじゃえ！　死んじゃえ！

いばらの蔓をいっぱい伸ばして、いばらの棘を尖らせて、怪物なんて退治しましょう。怪物が食っても食っても追いつかないくらい、蔓を増やしましょう。怪物なんて、穴だらけにして締め上げて。

あと少し、と思ったそのとき、いきなり目の前の怪物が真っ二つになった。

真っ赤な血が吹き上がって、右半分と左半分に分かれた怪物の身体。いったい、何が起こったの？

「ねえ、ボクも仲間に入れて？　遊ぼう！」

【赤ずきん　暴力遊戯】

たくさんの「ボク」と遊んで、真っ赤なずきんも服もいっぱい血を吸って、ずっしり重たくなって、それでも遊んで……最後に一人残ったのがボク。もう遊べないのかな、つまんないな、って思っていたら、急に辺りが真っ暗になって、気がついたらここにいた。

ライブラリとは違う場所。でも、目の前では、トゲトゲの化け物と、ぶくぶくの化け物とが遊んでる。まだまだ遊べるんだね。うれしいな。

えいやっと、斧《おの》を振り下ろしたら、ぶくぶくの化け物が真っ二つ。大きな身体だから、血もいっぱいだったんだね。土砂降りみたいに真っ赤っか。楽しいなぁ。

トゲトゲの化け物にも、斧の一撃。トゲトゲの蔓が向かってきたけど、全然へっちゃら！　ざくざく斬って、がしがし潰して……ハイ、終わり！

どっちの化け物も弱ってたみたいで、あっという間に死んじゃった。もっと手加減すれば良かったかな？　ま、いっか。

「誰か、いませんかぁ？」

他に遊び相手はいないかな、なんて考えてたら、何かにつまずいた。危ない危ない。

これ、何だろ？　人形？　木でできたお人形だけど、さっきの化け物に踏み潰されたのか、胴体が真ん中から折れてる。

真っ赤な血が出たらいいのになって思いながら、首をボッキリ折ってみたけど、何も出なかった。男の子のお人形の首をポーンって飛ばしたときも、全然血が出なかったし。やっぱり、お人形なんて、つまんない。

それに、こんなヘンな顔の人形、要らない。捨てちゃおう。えーいっ！

それより、次の遊び相手を探さなきゃ。もっと遊びたい。痛い痛いって言わせたい。潰したい傷つけたい切り刻みたい壊したい引きちぎりたい斬り裂きたい殺したい……ボクはそういうのが大好き。ええと、暴力？　そう、
暴力。

ふふふ。楽しいなぁ。暴力暴力。うん、大好き。

「誰か、いませんかぁ?」

[グレーテル　広がる**虚妄**、閉じる世界]

兄様、兄様、兄様。ここはどこ? 兄様はどこ? 兄様? ヘンゼル……兄様?

どうして、うまく声が出ないのでしょう? どうして、思うように動けないのでしょう?

私が間違っているから? 私の感覚が間違っているから? 私の目が間違っているから? 延々と続く廃墟のような光景も間違い? 私のカラダが鳥籠《とりかご》に見えるのも間違い?

それとも、間違っているのは私の目ではなく、目に映るモノのほう? 目の前にあるのは、すべてウソとイツワリ?

そうかもしれない。この世界は、何もかもウソとイツワリ。なんて素敵なんでしょう! 虚……虚……ええと。虚栄、じゃなくて。虚偽、とも違う。

[redacted]

虚言？　虚語？　虚構？　虚辞？　虚飾？　虚声？　虚勢？　虚説？　虚託？　虚談？　虚伝？　虚聞？　虚報？　虚妄？　それです、**虚妄**。何もかもが虚妄。虚妄の世界。

歪んだ空も、壊れた街並みも、虚妄。酷《ひど》い罵倒が聞こえてくるけど、それも虚妄。気持ちの悪い顔がついた杖《つえ》も、ゆらゆら揺れてる古ぼけたランプも、全部、全部、虚妄。好き勝手に壊しても、大丈夫。どうせ、ウソとイツワリだから。

ふふふ。なんて居心地がいい世界！　だって、本当の事なんて、つまらないし、不愉快なだけ。兄様もそう思うでしょう？

［アラジン　**成金**、その力と哲学］

行かなければ、と思った。魔法のランプの中で眠って、目覚めて、まず考えたのがそれだった。行かなければ、金を使う為に。

金があれば、何だってできる。自分自身も幸せになれるし、他人だって幸せにできる。幸せになる手段だけでなく、金は強くなる手段でもある。金は力だ。金で倒せない敵なんていないない。

ほら。金貨の雨を降らせてやろう。頑丈そうな鳥籠の魔物が暴れても、山ほどの金貨の重さには耐えられない。輝く金色の山の下敷きになって潰れてしまったよ。素敵だろう？

貧乏ったらしい杖の魔物なんて、金貨で埋めてしまおう。ちゃりんちゃりん、じゃらじゃら、と金貨が降り注ぐ音で、下品な声をかき消してしまおう。

おや？　金貨を弾き返してる？　みすぼらしい棒きれだと思ったけど、やるね。望むところだ。もっと大量の金貨を！

金！　金こそ力！　金こそすべて！　極貧の中にいた僕を救ってくれた。僕に欲しいモノを教えてくれた。僕を導いてくれた。**成金**、それが僕の生き方。生きるすべて。

さあ、金だ金だ金だ！　全部、埋め尽くせ！　もっと！　もっと！　もっと！

[redacted]

［ピノキオ　優しき依存］

　杖はいつも、口うるさい。ゼペットじいさんがいなくなってからも、やっぱり口うるさい。アレ駄目、コレ駄目、ソレ駄目、駄目駄目駄目。……でも。僕は、杖の言うとおりにしてきた。杖の言いつけを守ってきた。勉強だって仕事だって全然好きじゃなかったけど、杖に言われたから、ちゃんとやった。

　壊したり、戦ったりするのも、苦手だったけど、杖がやれって言うから、壊したし、戦った。

　どうせ、僕には得意な事も好きな事も無いから。いや、僕が得意な事って、素直に誰かに従う事かな？　好きな事って、何もかも誰かに丸投げする事かな？

　一言で言えば……**依存**ってやつ。心地よくて、安心できる言葉。今だって、杖が全部決めてくれるから、僕はただ従っていればいいんだ。

　土砂降り雨みたいに金貨が降ってきてるけど、杖が言うままに避けたり、弾き返したり。何も考えなくていいって、楽だよね。

　あ、これも考えてる事になるのかな？　そうだね、頭の中を真っ白にしなきゃ。あちこち痛い気がするけど、真っ白に。考えるのも、感じるのも、杖がやってくれる。僕はただ、真っ白に……

【かぐや姫　被虐を求めて】

月からこの地上へと舞い降りて以来、強い殿方に出会う事だけを願ってきました。人ならぬ力を手に入れ、人ならぬ身となった今も、それは変わりません。都が灰燼《かいじん》と化し、その都とは異なる場所へ運ばれてきた今もなお、変わらないのです。

強い殿方と添い遂げたいと願ってしまったから、私は多くの殿方を殺《あや》めてしまいました。けれど、強い殿方を求める思いは弥増《いやま》すばかり。なぜって、そんな私を叱って欲しいから。罰して欲しいから。

いいえ、私、気づいてしまいました。最初から、私は罰を受ける事だけを望んでいたのだ、と。多くの殿方を殺める前から、私は叱られたかったのです。理由なんてどうでもいい。ただ虐《いじ》めて欲しかったのです。被虐こそが私の求めていたモノ。そのために強い殿方が必要だっただけ。

ああ、誰か！　誰か、私を虐めてくださいな！　足蹴《あしげ》にしてください！叩《たた》いてください！　手荒に掴《つか》んで縛り上げて鞭《むち》で打って……！

あれは？　殿方かしら？　私と同じで、ヒトではないようだけれど、強い殿方に違いありません。あの御方なら、私を存分に虐めてくださるのではないかしら？

そこの御方！　どこのどなたかは存じませんけれど、私を虐めてくださらない？

え？　誰？　私の邪魔をするのは？

「ラプンツェル　守りたいモノ、それは**純潔**」

仲良くできる男の人を探して、私はライブラリを彷徨《さまよ》っていたはずでした。出会えたのは「男の人」ではなくて、犬や豚の姿をした「男の化け物」ばかりでしたけど。塔にいた頃は「男の人」を招き入れるために役立ってくれた長い髪も、全くの役立たずだったし。……だって、ライブラリは、上も下も右も左もない世界だったんです。

[redacted]

長い長い間、彷徨い続けていたせいでしょうか。気がついたら、私はライブラリではない場所にいました。ライブラリと同じくらい、奇妙な場所です。

男の人はいませんか？

そう叫ぼうとして、ハッとしました。男の人を見つけたのです！　だいぶ人間とは異なる姿でしたけど、遠目にも男の人だとわかります。

彼と仲良くしたいと思ったのですけれど、彼を狙っていたのは私だけではありませんでした。女の化け物が彼に近づこうとしていたのです。

女の人は嫌いです。すぐに私に嫉妬して、罵ったり、酷い事をしたりするから。その大嫌いな女の人が、私から男の人を横取りしようとしているのです。そんなの、許せるはずがありません！

私は、女の化け物に襲いかかりました。どうして、女の人って私に酷い事ばかりするんでしょう？

「△□△○、×××！」

驚いた事に、彼女は反撃してきたのです。ますます許せません。私は女の化け物に掴みかかり、爪を突き立てました。

死ね！　死ね！　死ね！

私から大切なモノを奪おうとしている女なんて、死んで当然です。ええ、私の大切なモノ、**純潔**を。清く正しく美しく生きるのが私の願い。男の人達と仲良くして、いっぱいいっぱい仲良くして生きる事。なんて素敵！

私、間違ってませんよね？

早く、この女を殺さなきゃ！　ボコボコにして、ずたずたにして、ぐちゃぐちゃにして……‼

「ハーメルン　完璧にして比類無き**耽美**」

その日も私は笛を吹いていました。かつて、子供達を誘《おび》き出す為に使った笛です。美しい音色を奏でていると、美しい瞳を思い出します。あの子達の、きらきらと輝く眼を。

満たされた思いで笛を吹きつつ、ふと足許に目をやったときでした。胴体と首が折れた、醜い人形が落ちているのに気づいたのです。

これは確か、木の実を割って食べる為の道具で、飾っておけるように人形の形に作ってあるモノ……でしたか。しかし、足許に落ちているそれは泥まみれで、壊れていて、とても飾りに使えるような代物ではありません。

こんな薄汚く、おぞましいモノが、どうして、どうして、私の前に？

このようなモノが存在するなど、到底許容できません。みっともなく壊れた人形を、私は潰して消し去りました。

醜いモノは、それだけではありませんでした。二体の化け物が、手を伸ばせば届くほど近くで絡み合い、もつれ合っています。美しさなど欠片《かけら》もない、醜い化け物共が。

醜く無価値な化け物が二体も、どうして、どうして、美しい私の前に？

私は、「最強の魔物」を殺し、自らの内に取り込んで、この世界で最も強く美しくなったというのに！　醜いモノ共に視界を汚されるなど！

美しいモノ以外、要りません。私は常に、美しいモノだけを愛《め》でていたいのです。常に美しくありたいのです。**耽美**こそが、美しい私の美しき欲望。

その欲望の命じるままに、醜い化け物共を潰して、消し去る事にしましょう。すべては、美の為に。

[redacted]

［シンデレラ　罠《わな》なる卑劣、そして陥穽《かんせい》］

ガラスの靴を思い出させる音は聞こえなかった。

王子や継母《ままはは》や、灰に塗《まみ》れていたみっともない自分自身や……そんな忌々《いまいま》しい記憶を否応《いやおう》無く連れてくる、忌々しい鐘の音。

そう、十二時の鐘は鳴らなかった。それは、罠が作動しなかった事を意味した。半人半魔の私自身と戦い、子供の姿と「黒い悪夢」の姿とを行き来するという奇妙な罠。私はずっと、それに囚《とら》われていたのだ。ライブラリと呼ばれる奇妙な場所で。

ついに、うんざりする繰り返しからの脱出を果たしたのだろうか？

銃口と盾を備えた奇妙な巨体。それが、今の私の姿。「黒い悪夢」のままでいるのだから、脱出したと考えるのが妥当なところだろう。だが、私は素直に喜べなかった。ぬか喜び、という言葉が脳裏をよぎる。

それに、ここはライブラリではない。人間でなくなった身体を操り、私は周囲を見回す。壊れた街並みと、歪んだ空。ライブラリとは似ても似つかない。いつ、私はここにやって来たのだろう？

こことライブラリとが繋がった……という事か。足許に目を移せば、古ぼけた本棚が倒れ、薄汚れた本が散らばっている。どれも、ライブラリにあったモノ、だ。

あれは？　聞き覚えのある声。私は崩れた建物の陰に身を隠しつつ、声の方角を窺《うかが》った。

赤ずきんがいた。それから、大量の金貨を吐き出すランプと、今にも金貨に埋もれそうになっている杖……の化け物。よくよく見れば、ランプのほうも化け物だった。ただの化け物ではない。あの気配は「黒い悪夢」だ。間違いない。今の私だから、わかる。

私以外にも、「黒い悪夢」となったヤツがいたとは。他の連中を出し抜いてやったと思っていたのに。

いや、待てよ？　私は、他の連中の動向には十分過ぎるほど注意していた。誰一人として、「黒い悪夢」になる兆《きざ》しはなかった。だから、あいつらが互いに殺し合うように仕向ける事ができた。

もしや、あの「黒い悪夢」は、私の知る連中とは別人、別モノなのか？

赤ずきんが斧を振り上げてランプを叩き壊す様子を、注意深く観察してみる。あの赤ずきんは、私の知る赤ずきんだろうか？　それとも？

姿形は変わらない。嬉々《きき》として斧を振る動作も。一見したところ、三匹の

[redacted]

子豚のところへ案内したときの赤ずきんと同じ。そういえば、三匹の子豚はどこへ行ったのだろう？

やがて、ランプの化け物も杖の化け物も、めちゃめちゃに叩き壊された。そして、赤ずきんは、次なる獲物を求めて歩き出した。「誰か、いませんかぁ？」と脳天気に声を上げながら。私は、その後をつける事にした。

途中、「黒い悪夢」と思しき死骸を見た。真っ二つに切断された死骸と、棘の生えた蔓を生やした死骸だ。蔓が生えているほうは、滅多斬りにされていた。どちらも、赤ずきんの仕業なのは明らかだった。

しばらく歩いたところで、赤ずきんが獲物を見つけた。やはり「黒い悪夢」だった。しかも、そいつの前には、「黒い悪夢」が二体も転がっている。両方とも仕留めたのだとしたら、相当、強い。

赤ずきんは半人半魔ではなく、ただの人間だが、ここへ至るまでに「黒い悪夢」を二体も斬殺している。今、彼女が相対している「黒い悪夢」も、やはり二体を仕留めたようだ。この勝負、果たしてどちらが勝つのか。

まあ、どちらでもいい。残ったほうを殺すだけだ。私は気配を殺して、勝負の行方を見守った。

予想以上に赤ずきんが善戦していた。というよりも、「黒い悪夢」のほうが手負いらしく、動きが鈍い。倒れている二体と戦った際に負傷したのかもしれない。

決着までには時間を要した。何度も欠伸《あくび》を噛《か》み殺さなければならないほど。勝ったのは、赤ずきんだった。とはいえ、彼女も満身創痍《まんしんそうい》なのだろう。斧の柄で身体を支え、荒い息をついているのが遠目にもわかる。

私は、その頭部に銃口を向けた。疲れ切っていた彼女は、反撃するどころか、狙われている事にも気づかなかった。お疲れさん、と私はつぶやいた。

真っ赤な頭巾をかぶった頭が弾け飛ぶ。以上、終了。

情報を収集し、操作し、互いに戦わせて、最後に残ったヤツを殺す。このやり方が一番確実だと私は知っている。それ以上に、このやり方が好きだ。**卑劣**だって？　そのとおり。うまく立ち回って、裏から手を回し、根回しをして、罠にハメる。その快感。たまんないね。

そのときだった。背後に殺気を感じた。他にもまだ「黒い悪夢」が残っていたのか？

違った。振り返ると、そこにいたのは、人間。白い服を纏《まと》った美少女。白雪姫《スノウホワイト》だった。

[redacted]

「スノウホワイト　正義へと至る道」

私は化け物に向かって斬りつけた。こいつは今、人間を背後から撃って殺した。正しくないモノは排除しなければならない。あの腹黒くて高慢《こうまん》な女、毒林檎《りんご》を使って私を殺そうとした継母を排除したように。

私が最も憎むのは、不正。私はずっと、我が国から不正を駆逐すべく働いてきた。正しくない民を捕縛し、処刑してきた。民の数が激減しても、続けた。**正義**の為に。

正義こそがすべて。この世に正義以上に価値のあるモノなど存在しない。正義は素晴らしい。正義は快い。私は正義を愛している。

城にいたはずの私がなぜ、こんな場所にいるのか、不思議に思っていたけれど、この化け物に遭遇して理解した。ここは、間違ったモノが存在している世界なのだろう。私はそれを駆除すべく遣わされたのだ。正義の鉄槌《てっつい》を下す者として。

だが、化け物は手強かった。盾でできた胴体と、そこから生えた幾本もの銃口。防御にも攻撃にも適した身体だ。

私の剣は何度も弾き飛ばされ、私は手にも足にも無数の傷を負った。ただの人間で、武器は剣一本とあっては、圧倒的に不利。それでも、倒さなければ。それが正義だから。

化け物は楽しんでいるように見えた。わざと戦いを長引かせ、じわじわと私を追い詰めて、私が弱っていく様を眺めようとしているかのように。

許せない。卑怯《ひきょう》な手を使って人間を殺すなんて許せない。人間を痛めつけて楽しむなんて許せない。化け物の分際で生きているのが許せない。

そんな怒りとは裏腹に、私は押されていた。いつの間にか、避けるのが精一杯、こちらから仕掛けるどころではなくなっていた。

せめて、化け物の動きを鈍らせる事ができたなら！　一瞬でいい、化け物を縛り付けておけたなら！

唐突に、私の願いは叶《かな》えられた。化け物が動きを止めたのだ。どこからともなく現れた鎖が化け物に巻き付いている。

「食らえッ！」

私は渾身《こんしん》の力で剣を繰り出した……。

［アリス　束縛の果てに］

ライブラリと他の世界が繋がったのは、何となく理解していた。チェシャ猫が教えてくれたわけでもないし、走るウサギについていったわけでもないけれど、私には理解できた。理由はわからない。ただ、「その時」が来たのかもしれないと思った。私はもう、十分に強くなっていたから。

おじさまを生き返らせる。その為に必要なモノは、イノチ。探さなければ。他の物語の登場人物達を。

歪んだ空の下、壊れた街の中を私は歩き続けた。目的のモノはなかなか見つからない。もしや出遅れたのかという不安が胸に兆し始めた頃、ようやく見つけた。すでにヒトの姿をしていなかったが、私には他の物語の登場人物だとわかった。即座に、鎖を伸ばして捕獲した。なのに。

イノチを奪ったのは私ではなかった。私が手を下す前に、イノチを奪った者がいた。やはり他の物語の登場人物だった。ヒトの姿で、真っ白な服を血で赤く染めている。スノウホワイト、という名前が浮かぶ。彼女は私を見上げ、口を開いた。

「ありがとう、とは言わない。貴女《あなた》も正義ではないから」

[redacted]

何を言っているのか、意味がわからない。正義？　私から獲物を横取りしたくせに？　それを貴女が言うのか？

剣を向けてくる彼女は、微《かす》かに笑みを浮かべていた。……知ってる。似たような笑みを見た事がある。おじさまが毛嫌いしていた女達の一人。自分は正しいと信じて疑わなくて、平気でそれを他人に押しつけて。なんて気持ち悪い。

「貴女を殺す」

そんな脆弱《ぜいじゃく》な姿で、私に勝てるとでも？　貴女の剣なんか、少しも怖くない。貴女なんかに負けない。貴女のイノチを奪って、おじさまを生き返らせる。幾重にも鎖で縛り上げて、動きを封じて。ほら、これが私の武器。苦しい？　痛い？　大丈夫、すぐに殺してあげるから。

この鎖が、私の力。誰にも断ち切れない、強い強い鎖。敵を動けなくするだけじゃない。おじさまと私を結ぶ為のモノ。

知ってた？　自由に動けるって、とても寂しい事だって。何にも縛られないって、とても怖い事だって。

不自由は暖かい。何かに縛られるのは安心。そこに居てもいい。繋がっていられる。それが**束縛**の本当の意味。私が求めて止まないモノ。おじさまのそばに居たい。おじさまと繋がっていたい。

素敵でしょう？　抵抗しないで。無駄だから。もっと強く締め上げてあげる。骨が砕けるほど。心臓が潰れるほど。

死んだ？　……心臓は、完全に潰れてる。首だって、おかしな方向に曲がってる。真っ白な顔は青黒くなってる。死んだ！　間違いなく！

貴女のイノチで、私は願いを叶える！　私は、おじさまを生き返らせる！

私は……私……!?　何これ!?

痛い痛い痛い！　どうして、こんなところに剣が!?

立っていられない。痛い。苦しい。だめ。私が死んだら、おじさまが生き返らない。立たなければ。早く、立ち上がって……。それから……それ…から……なんて、暗い……

「終わりマシタ」

「全部、無くなりマシタね」

「世界は、何も無イ暗闇に」

「失敗デシタね」

「…………」

「次こそは、モット素晴らシイ世界にシタイと思いマス」

「…………」

「…………」

「デモ」

「ココで死ねるナンテ、都合のイイ事を考えてないデスよね?」

「…………」

「…………」

「…………」

「…………」

「…………」

「…………」

[redacted]

「再生し始めマシタよ？」

「お互いがお互いを殺シ合イ、全滅シタ彼らが、血の海カラ次々と」

「…………」

「…………」

「再生しマシタね」

「全部、元通り」

「…………」

「…………」

「貴方《あなた》達は無限に戦イ、無限に死ヌ」

「その為ニ、生まれたのダカラ」

「貴方も、そうでショウ?」

著者
映島 巡　Eishima Jun
１９６４年生まれ。福岡県出身。主な著書は『小説 ドラッグオンドラグーン３ ストーリーサイド』『FINAL FANTASY XIII Episode Zero』『小説 NieR:Automata』シリーズ『FINAL FANTASY XV -The Dawn Of The Future-』（スクウェア・エニックス）など。また永嶋恵美名義の著書に『泥棒猫ヒナコの事件簿 あなたの恋人、強奪します。』（徳間文庫）等がある。２０１６年、「ババ抜き」で第69回日本推理作家協会賞（短編部門）を受賞。

原案・監修
ヨコオタロウ　Yoko Taro
『SINoALICE -シノアリス-』原作・クリエイティブディレクター。そのほか『ニーア』シリーズ、『ドラッグオンドラグーン』シリーズなどのゲームディレクターを担当。

本文イラスト
ヒミコ　himiko
ゲーム『真・三國無双８』（コーエーテクモゲームス）のキャラクターデザインなどを手掛ける。コミック『SINoALICE -シノアリス-』の作画を担当。

表紙イメージアート
幸田和磨　Koda Kazuma
コンセプトアーティスト。数多くのゲーム、映画、アニメーション用のコンセプトアート、イラストレーション、背景美術を手掛けている。代表作に『NieR:Automata』『ポケットモンスターウルトラサン・ウルトラムーン』『ACE COMBAT 7：SKIES UNKNOWN』『ファイアーエムブレム 風花雪月』など。『SINoALICE -シノアリス-』では融合篇キービジュアルを担当。

GAME NOVELS
SINoALICE シノアリス
― 黒ノ寓話 ―

2020年8月7日　初版発行

原作 『SINoALICE -シノアリス-』

著者　映島 巡
原案・監修　ヨコオタロウ
本文イラスト　ヒミコ
表紙イメージアート　幸田和磨
デザイン・DTP　有限会社キューファクトリー
協力　株式会社ポケラボ
株式会社イルカ
株式会社スクウェア・エニックス
『SINoALICE -シノアリス-』プロジェクトチーム
『マンガUP！』編集部

発行人　松浦克義
発行所　株式会社スクウェア・エニックス
〒160-8430
東京都新宿区新宿6-27-30
新宿イーストサイドスクエア

印刷所　凸版印刷株式会社

<お問い合わせ>
スクウェア・エニックス サポートセンター
https://sqex.to/PUB

ISBN978-4-7575-6410-7 C0293